Relatos de terror

Selección de Carlos Solana

Edición especial para esta promoción
ISBN: 84-9764-638-X
Depósito legal: M-22114-2004

EDIMAT LIBROS, S. A.
C/ Primavera, 35
Polígono Industrial El Malvar
28500 Arganda del Rey
MADRID-ESPAÑA

Colección Eclipse
Título: Relatos de terror
Selección de: Carlos Solana

Diseño de cubierta: El Ojo del Huracán
Impreso en: COFÁS, S. A.

IMPRESO EN ESPAÑA – *PRINTED IN SPAIN*

Presentación

Margaret estaba convencida de que era la única superviviente del mundo luego del cataclismo nuclear. Por alguna desconocida circunstancia ella había conseguido sobrevivir, porque sus padres fueron los únicos desconfiados que siguieron manteniendo en activo el refugio, a pesar de que la firma de un solemne tratado internacional había prohibido la construcción de nuevas bombas, luego de haberse publicado que acababa de ser destruida la última.

Ella llevaba diez años sola, bien alimentada y entretenida, mientras examinaba los medidores de la radiación exterior y esos otros controles que la habían informado que toda la vida humana de la Tierra había quedado extinguida por completo. Y una mañana, sorprendentemente, los medidores le anunciaron que ya no existía riesgo alguno en el exterior. Habían fallado esas previsiones que cifraban en cientos de años la limpieza total de la atmósfera de nuestro planeta luego de un cataclismo nuclear. Margaret aplaudió.

No obstante, tardó un mes en decidirse a salir, luego de ir comprobando escrupulosamente que los controles de radiación se habían mantenido en esos índices de «no riesgo». Se arregló como si se dispusiera a asistir al mayor acontecimiento de su vida, porque aún conservaba ese vestido de novia que no pudo usar por culpa de la conflagración atómica. Hasta se maquilló un poco.

Tomó la precaución de ponerse unas gafas de cristales oscuros antes de abrir las tres puertas de acero y titanio. En efecto, hacia sol, en el aire flotaba un aroma a flores salvajes y varias mariposas la rodearon, como si la confundieran con un árbol o una planta desconocida. Pero, súbitamente, Margaret escuchó unas pisadas humanas a sus espaldas. Se volvió...

A partir de este momento lo que suceda formará parte de lo sobrenatural. Ésta es la esencia del terror: lo que proviene de un universo fuera del nuestro, ya sean los muertos en todas sus manifestaciones espectrales, animales capaces de acumular un deseo de venganza por culpa del comportamiento de un ser humano, alucinaciones que desbordan la razón, seres diabólicos y otras criaturas infernales, además de cientos de amenazas más.

Porque desde sus orígenes el ser humano ha sentido terror, debido a que a su alrededor había demasiadas cosas que le intimidaban, sobre todo ésas que podían causar la muerte de los suyos o de él mismo. Para combatir mejor esta debilidad recurrió a distintos medios, uno de los cuales fue la literatura. Una costumbre ésta que nos ha proporcionado grandes relatos, algunos de los cuales hemos incluido en nuestro libro. Todos ellos rebosantes de terror, de los que hielan la sangre y dejan el aliento en suspensión. Confiamos en que le estremezcan, porque así rendirá el homenaje que se merecen sus autores.

Hemos seleccionado a los mejores, dentro de un abanico de temas que tienden a representar la fuerza del genero y, sobre todo, la gran calidad literaria. Porque los autores, esto es lo más importante, nunca consideraron que estaban realizando un trabajo menor. No hay duda de que todos los relatos merecen el calificativo de superiores, acaso sean de los mejores. Por ejemplo, Pedro Antonio de Alarcón con *La mujer alta* creó el mejor relato de terror español del siglo XIX; ¿y que podríamos decir de Edgar Allan Poe y su obra *El corazón delator*?

La mujer india

Bram Stoker

Bram Stoker nació en 1847 para convertirse en uno de los más famosos escritores de terror. Mientras estudiaba en el famoso Trinity College, *de Dublín, comenzó a destacar por sus inquietudes culturales y por una sobresaliente dedicación al atletismo. Llegó a ser nombrado presidente de la Philosophical Society, pero nunca dejó las actividades al aire libre.*

Sus primeras colaboraciones literarias tuvieron cabida en las páginas de diferentes diarios, gracias a que por aquellas fechas los lectores gustaban de los «relatos seriados». Se ha escrito que cuando Bram Stoker comenzó su famosa novela Drácula, *era amigo de un célebre actor de la época, Sir Henry Irving, con el que cruzó una apuesta para realizar una obra larga sobre un vampiro. Se desconoce lo que pudo crear el actor, ya que su manuscrito se ha perdido. Debemos entender que Bram Stoker ganó la apuesta, al ser capaz de publicar lo que se ha considerado «la catedral del vampirismo», los pilares de uno de los grandes mitos dentro del universo del terror.*

Algunos críticos han querido ver en la obra de este escritor irlandés una gran influencia de Sheridan Le Fanu, del cual tomó algunos argumentos para ofrecer una visión diferente. Los principales títulos de Stoker son éstos: The Lady of the Shroud, The Mystery of the Sea, The Jewel of the Seven Stars, Drácula *y* The Lair of the White Worm. *Falleció en 1912, sin saber que iba a ser inmortalizado por las muchas versiones de* Drácula *que el cine, el teatro y el comic han ido dando forma.*

Durante aquellos años Nuremberg no era la ciudad turística en que se convertiría con el paso de los años. Tampoco Henry Irving había conseguido el gran éxito con su interpretación de *Fausto,* por lo que esta ciudad sólo era conocida por los alemanes y un reducido número de extranjeros. Cuando mi esposa y yo llegamos allí estábamos en plena luna de miel. Aunque pueda resultar extraño, vivíamos un período en el que nos hacía falta la presencia de una tercera persona. La aparición de Elías P. Hutcheson, un norteamericano bastante agradable, resultó muy oportuna. Le conocimos en la estación de Frankfurt. Se acercó a nosotros para decirnos que deseaba visitar la ciudad de Yurrup. Como era un hombre muy extravertido, no le importó comentar que consideraba los viajes como una especie de manicomio, sobre todo para alguien tan dinámico como él.

Creo que fuimos nosotros quienes le invitamos a que nos acompañara aunque, luego de examinar mis notas, dudo un poco que nos mostrásemos muy entusiasmados con esta idea. El hecho fue que nos convertimos en camaradas de un individuo tan absorbente, que se terminaron nuestras discusiones matrimoniales, ya que en los últimos días Amelia y yo habíamos estado chocando verbalmente por nimiedades.

Junto a Elías P. Hutcheson nos vimos recorriendo los lugares menos visitados de las ciudades, acaso esos que se consideran «oscuros». Para cuando llegamos a Nuremberg, nuestro acompañante se había convertido en el mejor *cicerone* que se puede desear, porque a lo mucho que conocía de la ciudad se unían sus comentarios jocosos y sus grandes conocimientos históricos. Recuerdo que uno de los últimos lugares que visitamos fue el Burgo, cuya muralla exterior recorrimos por su lado oriental.

El Burgo se alza sobre una roca, que a la manera de una atalaya domina toda la ciudad. En su lado norte se halla protegido por un foso inmenso. Mientras admirábamos el hermoso panorama, Hutcheson nos dijo que Nuremberg jamás había sido asaltada por un ejército enemigo debido a sus excelentes defensas. Una circunstancia que le permitía ofrecerse como una perfecta combinación de lo antiguo y lo moderno. Además, el foso había terminado por ser convertido en huertos y jardines, gracias a la falta de amenazas.

Ahora me viene a la memoria que hacia un sol espléndido, por eso sentíamos su caricia mientras íbamos recorriendo la muralla. El mes de julio estaba resultando muy benigno, lo que demostraban los edificios que se podían contemplar a lo lejos, tras los cuales se elevaban unas montañas azuladas, que evocaban algunos de los sensuales cuadros de Claude Lorraine. Todo un espléndido contraste con las casas de la ciudad, cuyos tejados parecían reverberar bajo los rayos solares, a la vez que sus ventanas cerradas transmitían la sensación de que cientos de moradores buscaban las gratas sombras. Cerca de nosotros, a la derecha, se erguía la Torre del Burgo; y poco más allá la famosa Torre de las Torturas, que no parecía tan tétrica como Hutcheson nos la había pintado. Al observarla despacio, se comprendía que fuese el edificio más importante de la ciudad.

Nuestro extravertido *cicerone* nos contó que desde hacía siglos era famosa la «Virgen de Hierro de Nuremberg», ya que constituía uno de los más terribles tormentos utilizados por los inquisidores de la Edad Media. Amelia y yo habíamos oído hablar de ese ingenio diabólico, y estábamos deseando poder contemplarlo.

Debido a que ya llevábamos mucho tiempo caminando, nos detuvimos en una de las paredes del foso. En esa zona el jardín se extendía a unos veinte metros debajo de nosotros, bien iluminado por el sol, que por momentos nos pareció un horno. Intentamos recorrer con la mirada la larga y gris muralla, cuyo final se perdía en la lejanía entre los altos bastiones y las contraescarpas. En medio de una bella masa de árboles destacaban unas casas inclinadas, a las que el paso del tiempo había conferido un noble aspecto.

Creo que los tres nos sentíamos dominados por la pereza. Debido a que podíamos perder el tiempo, ya que nuestra próxima visita turística quedaba algo lejana, nos entretuvimos más de la cuenta. Algo que luego no dejaríamos de lamentar, porque de repente, descubrimos lo que nos pareció, en un principio, una imagen extraordinaria: una gata negra de gran tamaño jugueteando con su cría al amparo de las sombras, acaso queriendo aprovechar la única brisa que soplaba en aquel lugar. Precisamente al pie del muro. La madre empujaba con sus patas delanteras al pequeño, invitándole a que se revolcara en una diversión continua.

La estampa familiar a los tres nos pareció tan soberbia, que Elías P. Hutcheson cogió una piedra del suelo y se dispuso a participar en la diversión.

—¡Observen lo que voy a hacer! —exclamó riendo—. Les tiraré este guijarro para animarles a moverse. No sabrán de donde les llega, pero seguro que corren en su busca.

—Tenga mucho cuidado —advirtió mi esposa—. Me dolería mucho que pudiese dañar a unos animales tan bonitos.

—Eso no sucederá jamás, señora —respondió el norteamericano, muy seguro—. Mi temperamento es sensible como un cerezo de Maine. Nunca he herido a un animal indefenso, como tampoco molestaría a un niño que durmiese en su cuna. ¡Podría usted apostar su estuche de joyas a favor de mi puntería! La piedra caerá delante de los gatos, ya que sólo pretendo sobresaltarlos un poco.

Nada más terminar de hablar, echó el cuerpo hacia atrás, alargó el brazo con fuerza, para obtener un gran impulso y, al momento, tiró la piedra.

En vista de lo que sucedió, he de pensar que se produjo un ligero terremoto o que se levantó una pequeña corriente de aire, que mi esposa y yo no percibimos, o que el suelo que pisábamos no fuera todo lo horizontal que creímos... El hecho fue que la famosa puntería de Hutcheson no se hizo patente, para infortunio del pobre gatito. El impacto de la piedra sobre la cabeza de éste se produjo con un ruido sordo; al mismo tiempo, veíamos horrorizados como se abría el cráneo igual que una fruta en sazón, para que se esparcieran los sesos por todas partes.

En aquel mismo instante, la gata negra se alzó sobre su cuatro patas y nos buscó. Sus ojos cargados de un fuego verdoso se fijaron en Elías P. Hutcheson, igual que si pretendieran grabar la imagen de éste en el fondo de los mismos, allí donde mejor le llegaría al cerebro. Seguidamente, volcó todo su interés en el gatito, el cual se hallaba a merced de los últimos estertores de la muerte, al mismo tiempo que unos regueros de sangre brotaban de la terrible herida.

Profiriendo un ahogado maullido, que a mí me pareció salido de una garganta humana, la gata se agachó sobre su cría, para lamerle la herida en un desesperado e inútil esfuerzo de curarla, sin dejar de gemir. De pronto, al entender que su hijito estaba muerto, se giró para mirar hacia donde nos encontrábamos los tres. Nunca en la vida podré olvidar aquel instante, porque el animal me pareció la más despiadada manifestación del odio. Sus verdes ojos refulgían como llamaradas devoradoras, a la vez que sus colmillos afilados, tan blancos en miedo de los cuajarones de sangre y sesos que cubrían su boca, eran dagas de muerte que nos señalaban.

A toda esta espeluznante amenaza unió un rechinar de dientes, al mismo tiempo que nos mostraba las garras afiladas. En seguida dio un salto tremendo, a pesar de saber que jamás podría llegar hasta nosotros. Y al caer, luego del inútil esfuerzo, maulló con una rabia enloquecedora. Creo que mi esposa se vio a merced de tantos escalofríos como a mí me asaltaron. Mientras tanto, la desesperada madre no dejaba de mirarnos, toda cubierta de los sesos y la sangre de su hijo.

Amelia casi se había desmayado, por lo que tuve que alejarla de la pared. Como vi cerca un banco situado en una zona sombreada, la senté para que recobrase la tranquilidad. Seguidamente, me aproximé a Hutcheson, el cual seguía inmóvil, sin dejar de observar a los dos animales: al vivo y al muerto.

—Nunca había tenido delante a una bestia tan salvaje como ésta —musitó como si pensara en voz alta—. Al verla me ha venido a la memoria el caso de una mujer india. También ella perdió a su hijo a manos de un mestizo llamado Splinters, al que se le apodó *el Despiadado* luego de conocer con que crueldad había dado muerte al pequeño. Al parecer la madre de Splinters fue torturada por los indios antes de quemarla en una hoguera. Esto provocó que él se vengara asaltando la tribu, para llevarse al niño indio, al que arrebataría la vida con tanta saña.

El norteamericano dejó de hablar, me miró y, luego, de comprobar que era escuchado, prosiguió su escalofriante relato:

—Yo vi en el rostro de la mujer india una expresión parecida a la de esa gata... Por cierto, ella persiguió a Splinters durante tres años, hasta que pudo localizarle en un lugar solitario, indefenso. Entonces pidió ayuda a sus hermanos, los cuales le apresaron para entregárselo... Yo estaba allí cuando esto sucedió, por eso debo reconocer que no ha habido en el mundo ningún hombre o mujer, ya fuese blanco o piel roja, que haya sufrido una muerte tan lenta y despiadada como la que recibió Splinters. Porque la india era apache, y todos sabemos que esta tribu conoce los más terribles suplicios. Finalmente, ella sonrió una sola vez: cuando la maté. En efecto, yo lo hice, porque no pude soportar que estuviera sometiendo a un ser humano, casi de mi raza a pesar de ser mestizo, a tantos suplicios. Sin embargo, ya nada se podía hacer por Splinters, así que adelanté su muerte. Por último, le arranqué un buen pedazo de piel, con el que encargué que me hicieran una billetera, que aún llevo encima...

Sus últimas palabras las acompañó con la acción de golpearse el bolsillo superior de la chaqueta. No puedo afirmar si el gesto fue de aprobación o de duda, porque sus ojos habían vuelto a buscar a la gata. Y ésta seguía intentando trepar por la pared, en un enloquecido esfuerzo de llegar donde nos encontrábamos nosotros. Hubo momentos que me pareció que lo iba a conseguir, aunque careciese de alas. Lo más sobrenatural era que en cada una de sus caídas, las cuales debieron serle muy dolorosas, encontraba las fuerzas necesarias para seguir insistiendo. Su rabia había llegado a tales extremos, que creí ver espuma en su boca.

—Si que está desesperada la infeliz —dijo Hutcheson, con un tono de voz que pretendió ser piadoso; luego, se dirigió al animal—. Debes comprenderlo, ha sido un accidente... Ya sé que mis palabras nunca te devolverán a tu hijo... Los hombres somos unos estúpidos cuando nos ponemos a jugar... Perdóname, pequeña... —Supongo que ya le pareció suficiente, pues se volvió hacia mí y, recurriendo al tratamiento que acostumbrada en los últimos días, añadió—: Coronel, espero que me ayude a tranquilizar a su bella esposa por mí desgraciada ocurrencia. Deben creerme si les digo que me siento muy arrepentido de la torpeza.

Acto seguido llegó al lado de Amelia, a la que envolvió con su palabrería. La cosa pareció surtir efecto, ya que mi esposa terminó disculpándole al considerar que lo sucedido se debió a un accidente. No obstante, los tres volvimos junto al muro, porque el comportamiento de la gata nos parecía lo más importante.

El animal mostraba un aspecto aparentemente tranquilo, aunque la tensión que expresaba su cuerpo delataba como unas pasiones contenidas. Se encontraba sentada sobre sus patas traseras. No obstante, al ver a Hutcheson volvió a brincar, igual que una ballesta disparada por una furia incontrolable. No repitió el intento de trepar por la pared, aunque sí continuó brincando, pretendiendo dejar claro que deseaba vengar la muerte de su hijo. Creo que esto lo captó mejor Amelia, debido a su condición femenina, por eso dijo a nuestro acompañante:

—Ha de tener cuidado. Ese animal saltaría sobre usted, si pudiera, para darle muerte. ¡Nunca había visto unos ojos tan sanguinarios!

—¿Cuidado yo, querida señora? —bromeó aquel hombre—. Olvide el temor que pueda sentir por mí. ¡Ya le he contado que he vivido con las gentes más duras de la frontera, lo mismo que me he enfrentado cuerpo a cuerpo con osos grises y varios indios que pretendían arrancarme la cabellera! Ya ve que estoy vivo y tengo todo el pelo... ¿Cómo voy a temer las reacciones de una simple gata?

Súbitamente, comenzó a reír estruendosamente. Unos sonidos que parecieron tranquilizar al animal, ya que se limitó a llegar al lado del cadáver de su hijo, al que comenzó a lamer y a tocar como si aún estuviera vivo.

—Vaya, al fin ha respondido a su voz —reconocí, asombrado—. Debe hacer aceptado que usted es el amo en esta situación, por eso ha olvidado su cólera para mostrarse sumisa.

—¡Cómo hizo la mujer india antes de que la diese muerte! —exclamó Hutcheson, dando por cerrado el asunto.

Habíamos comenzado a movernos, con la intención de marcharnos; sin embargo, no dejábamos de mirar hacia los jardines del foso. Pronto advertimos que la gata nos seguía a cierta distancia. Primero lo hizo llevando el cadáver de su hijo en la boca; luego, la vimos sola, por lo que dedujimos que había ocultado el cadáver en un lugar que le pareció seguro. Amelia se asustó ante una persecución tan insistente, por lo que repitió varias veces sus temores. El norteamericano le respondió con sus risas, hasta que decidió resolver el asunto con estas palabras:

—Ese animalito no va a causarme ningún daño, señora. Soy un hombre prevenido. —Hizo una pausa para golpearse en la cintura, donde llevaba una cartuchera oculta—. Si la gata intentara saltar sobre mí, le metería una bala en la cabecita. A pesar de que la policía alemana podría detenerme por no haber declarado este arma, la llevo conmigo. Es una vieja costumbre de la frontera de mi país.

Con la misma actitud desafiante se asomó al muro llevando la pistola en la diestra, para ver como la bestia retrocedía al descubrirle. Terminó ésta ocultándose en un macizo de flores altas, dando idea de que se sentía asustada. Esto nos tranquilizó un poco.

—Hasta los irracionales terminan por saber quien es el más fuerte —dijo Hutcheson—. Esto me indica que la gata tiene más sentido común que ciertos seres humanos. Ya no volverá a molestarnos. Bastante tendrá con dedicarle un buen funeral a su hijo.

Amelia no hizo más comentario, debido a que había llegado a temer que nuestro acompañante disparase sobre la inocente bestia. Seguimos caminando hasta atravesar el pequeño puente de madera que lleva al portón, donde comienza el sendero pavimentado que se alarga desde el Burgo hasta la Torre de las Torturas. En el momento que cruzábamos el puente, vimos a la gata debajo. Seguía dando muestras de furia, a la vez que intentaba escalar la pared vertical, sin conseguir llegar a la parte superior. Hutcheson se echó a reír y, luego, se despidió de su frustrada enemiga:

—Hasta nunca, pequeña. Me duele que sufras tanto por mí; pero lo olvidarás con el paso del tiempo. ¡Hasta nunca!

Llegamos a la larga y sombría arcada que conduce a la entrada del Burgo, donde la belleza de las piedras nos hizo olvidar el suceso. Ya sólo éramos unos turistas deseosos de admirar monumentos, aunque en este caso debimos lamentar la torpeza de los restauradores, porque no habían respetado la sobriedad que exige el gótico. Lo mejor llegó al contemplar un viejo tilo de casi nueve siglos, resistiendo en pie a pesar de lo carcomido que aparecía su tronco, un pozo construido por los presos en una enorme roca y a la vista de la ciudad tan hermosa e impresionante, debido a que en aquellos mismos momentos estaban sonando todas las campanas de las iglesias.

Nos sentíamos muy relajados al entrar en la Torre de las Torturas. No tardamos en comprobar que íbamos a ser los únicos visitantes durante toda aquella mañana. Por este motivo el guía nos prestó una gran atención, a la vez que nos dejaba explorar todas las estancias dispuesto a complacer nuestros caprichos.

En realidad la Torre de las Torturas era un sitio alucinante, como lo sigue siendo en la actualidad a pesar de que los miles de visitantes han suavizado su atmósfera. Algo que no sucedió durante nuestra visita. El tiempo había dejado una costra de polvo por todas partes, a la vez que las penumbras conferían un mayor halo de terror a cada una de las salas. Allí se guardaban infinidad de elementos de suplicio, todos los cuales encerraban recuerdos de la más diabólica crueldad humana. Unos testimonios que sólo hubieran gustado a unos espíritus tan panteístas como los de Philo o Spinoza.

Cuando entramos en la cámara inferior el guía nos dijo que se había procurado mantener el clima medieval. Por eso nos veíamos rodeados por unas rojizas tinieblas, las cuales afectaban a la luz del sol que se filtraba por la puerta, de tal manera que parecía deshacerse sobre las gruesas paredes. Apenas se podía ver los groseros ladrillos, cubiertos con manchas negruzcas, que debían ser de sangre y de polvo sucio: los tétricos testimonios del espanto y los sufrimientos que se habían padecido en aquel lugar.

Todos nos sentimos muy aliviados al comenzar a subir por las escaleras de madera, ya que creímos haber abandonado un escenario de pesadilla. El guía había dejado abierta la puerta superior, con el fin de que pudiésemos saber donde pisábamos. En realidad la vela de largo pabilo, que estaba encendida en la pared, ofrecía un débil resplandor y despedía un hedor nauseabundo.

Amelia se estrechó a mí con fuerza en el momento que pasamos junto a una trampa abierta en un rincón de la estancia superior. Estaba aterrorizada, como pude comprobar por los fuertes latidos de su corazón. He de reconocer que no me sorprendió su reacción, debido a que aquella cámara era mucho más terrorífica que la anterior. A pesar de que contase con mejor iluminación, ésta únicamente servía para resaltar la sordidez de todos los elementos de tortura. Los constructores de la Torre habían creado ese ambiente, con el propósito de que quienes llegaran hasta allí se sintieran tan atemorizados como para confesar hasta la más olvidada de sus culpas. La totalidad de las ventanas ofrecían un aire medieval, aunque eran algo más grandes que las simples aberturas de las otras estancias.

Recuerdo que las ventanas se encontraban tan altas, que era imposible ver el cielo por las mismas. Pronto descubrimos, colocadas sobre sucias estanterías, unas espadas de verdugos. Todas ellas de hojas anchas y bordes muy afilados. También nos dimos cuenta de que allí se habían colocado algunos maderos, en cuyos tajos debieron apoyarse los cuellos de las víctimas antes de ser decapitadas. Pudimos ver las muescas dejadas por los golpes de los aceros, luego de separar las cabezas de los cuerpos humanos.

Alrededor de la estancia se habían instalado, sin ningún orden, diferentes maquinarias de tortura, todas las cuales provocaban náuseas: sillones con pinchos como asientos, que debieron causar unos dolores instantáneos e insufribles; divanes con grandes protuberancias, en los que se tumbaba a las víctimas desnudas, con la intención de someterlas a unos suplicios más lentos pero nunca menos dolorosos que los anteriores; y potros, botas, guantes, collares, cintos... Toda una serie de elementos para ser apretados a voluntad sobre los brazos, cuellos, cinturas o todo el cuerpo de los prisioneros. Además, vimos unos cestos de acero, en los que las cabezas humanas eran reducidas a pulpa; ganchos de verdugo provistos de unos largos mangos y unas cuchillas capaces de cortar las pieles más duras... El guía nos dijo que ésta era la herramienta preferida por la antigua policía de Nuremberg.

Había allí otras cosas tan espeluznantes, que no contaré, por ahora. Debo señalar que mi interés debió volcarse en mi esposa, porque acababa de dar un salto de muerte, llena de pánico al haberse sentado en una silla de apariencia normal, que bajo el peso de su cuerpo comenzó a actuar como un elemento de tortura. Menos mal que ella no había sido atada a los posabrazos, ya que nunca se hubiera podido librar de los pinchos que rozaron levemente la tela de su falda. Lo de menos fue que se ensuciará con el polvo. En seguida llegó Hutcheson a nuestro lado para aliviar la situación.

Sin embargo, al fin pudimos contemplar el ingenio de tortura por excelencia. Ocupaba el centro de la cámara y era conocido con el nombre de la «Virgen de Hierro». Los tres nos sentimos sobrecogidos, debido a que ofrecía las formas de una mujer gigantesca, cuyo cuerpo hubiese adquirido unas proporciones acampanadas. El norteamericano comentó que le recordaba a la mujer de Noé en el interior del Arca, a pesar de que faltaba la esbeltez de la cintura femenina y la redondez de las caderas. Realmente, todo el conjunto tenía muy poco de humano, a pesar de que su fabricante hubiese colocado en la parte superior un tosco rostro de mujer. La totalidad de la máquina aparecía cubierta de moho y polvo, lo que contrastaba con la blanca cuerda que caía por delante en el interior de un aro, el cual se hallaba clavado a la altura de la zona media. A su vez, la cuerda era movida por una polea, que se había fijado en el pilar central de madera que sujetaba el techo.

Al comprobar nuestro interés, el guía accionó la cuerda, para mostrarnos cómo una sección de la parte delantera de la figura se encontraba unida a un lado a la manera de una puerta provista de bisagras. Después, pudimos advertir que el interior del ingenio de tortura ofrecía el grosor suficiente para que cualquier hombre o mujer, por grande o grueso que fuese, pudiera ser introducido fácilmente. Poco más tarde, pudimos ver que la puerta era demasiado pesada, ya que el guía debió emplearse a fondo, con ayuda de la polea herrumbrosa, para abrirla por completo. Seguidamente, nos explicó que el mecanismo de apertura se había fabricado para que todo el peso, al soltar la cuerda, cayese sobre la zona baja del ingenio y provocara el cierre inmediato, fulminante, de la puerta.

En el interior de la «Virgen de Hierro» el moho formaba como una especie de grumos, todos ellos compuestos de una mezcla de goterones de sangre reseca, polvo y otras porquerías a cual más repulsiva.

En seguida nos dimos cuenta de las intenciones diabólicas del inventor de aquella máquina de matar: se habían colocado unos enormes pinchos, casi unas dagas largas y macizas, que en sus bases eran muy anchas y estaban dispuestas de tal manera que, al ser cerrada la puerta violentamente, se clavaran en los ojos de la víctima, así como en su corazón y todos los demás órganos vitales. Un conjunto tan horrible, por todo lo que sugería, que Amelia fue incapaz de resistirlo. Cayó desmayada en mis brazos, ya que corrí a recogerla antes de que tomase contacto con el suelo. Me vi obligado a llevarla hasta la escalera, para dejarla en un banco situado en el exterior de la Torre. Allí esperé hasta que se recuperó.

Ahora sé que al ver mi esposa el interior de la máquina monstruosa recordó una mancha de nacimiento que nuestro hijo lleva en su pecho, la cual muchas personas han comparado, entre bromas, con los dibujos de la «Virgen de Hierro» de Nuremberg. Una similitud que en el pasado pudo resultarnos graciosa; sin embargo, al comprobarla de una forma tan brutal, había provocado en ella tan terrible reacción.

Nada más volver a la cámara, encontramos a Hutcheson estudiando con admiración a la «Virgen de Hierro». En seguida nos dimos cuenta de que no había dejado de filosofar, por lo que al contemplarnos continuó con su disertación rebosante de crueldad:

—Me alegra que hayan decidido seguir examinando este lugar. Mientras ustedes se encontraban fuera, he llegado a la conclusión de que nuestra civilización se halla muy atrasada en el terreno de las torturas. Es cierto que los indios de las praderas conocen infinidad de suplicios; sin embargo, los que aplicaba la justicia medieval eran muy superiores. Debo admitir que Splinters realizó un buen trabajo con el hijo de la mujer india, lo mismo que ésta hizo con el mestizo hasta que yo la di muerte... ¡Nada en comparación con esta «Virgen de Hierro»! Las puntas de esos pinchos son tan agudas que debían cumplir su trabajo a la perfección. A pesar de que hoy los veamos cubiertos de óxido, seguro que continúan siendo tan eficaces como antaño... ¡Con algo parecido se mantendría a raya a todos los indios, sin que se atrevieran a moverse de sus Reservas! Esto deberían conocerlo nuestros jueces, para que entendieran que las civilizaciones antiguas sabían mantener el orden... ¡De acuerdo, he decidido entrar en este ingenio satánico, para comprobar lo que sentían las víctimas!

—¡Oh, no, no puede hacerlo...! —exclamó Amelia, a punto de romper en un sollozo—. ¡Lo que pretende es demasiado horrible!

—Tranquila, señora... ¿Qué puede temer un hombre como yo? Debo contarle que me he visto en situaciones peores.

Una noche tuve que ocultarme en el interior de un caballo muerto, luego de abrirle el vientre, para evitar el fuego que estaba arrasando las praderas de Montana. Y en otra ocasión me vi forzado a dormir dentro del cadáver de un búfalo, porque una tribu de comanches acababa de desenterrar el hacha de guerra y andaba arrancando las cabelleras de todos los rostros pálidos que encontraba a su paso. También permanecí dos días enteros sepultado en una mina de oro de Billy Broncho en Nuevo México; y algo parecido me sucedió al quedar, unas dieciocho horas, bajo los cimientos del Puente del Búfalo... ¡Ya ve que no le hago ascos a cualquier experiencia por horrible que pueda parecerle a una mente sencilla como la suya, mi querida señora!

Comprendiendo que ya lo había decidido, luego era imposible intentar disuadirle, preferí animarle, aunque sólo fuera por terminar cuanto antes con aquel asunto:

—Conforme, pero dese prisa porque ya va siendo tarde.

—Yo también quisiera hacer las cosas con rapidez —aceptó el norteamericano—, aunque ha de reconocer conmigo que las experiencias se han de realizar aproximándose todo lo que sea posible a la realidad. Las víctimas de la «Virgen de Hierro» no eran introducidas voluntariamente. Imagino que debían ser atadas. Esto me lleva a querer imitarlas. Alguien deberá atarme antes. Imagino que nuestro guía dispondrá de cuerda para dejarme convertido en un salchichón, ¿no es cierto?

Sus últimas palabras sonaron a broma, algo que el mismo Hutcheson se cuidó de desmentir al poner una moneda de oro en las manos del guía. No obstante, éste movió la cabeza negativamente, ya que había entendido lo que el norteamericano pretendía a pesar de no conocer el inglés.

—Coja el dinero, amigo —dijo Hutcheson en alemán—. Tómelo como una propina. Le advierto que si se opone a mi idea, lo mismo asiste usted a una ejecución auténtica.

Acto seguido el guía se fue en busca de una cuerda, con la que ató minuciosamente a nuestro acompañante. En el momento que hubo terminado con la parte superior del cuerpo, Hutcheson le detuvo:

—Quieto un momento, amigo. Estoy pensando que peso demasiado para que usted me pueda meter ahí sin ayuda de alguien. Primero me colocaré en el interior de la «Virgen de Hierro» y, luego, terminará de atarme las piernas.

Al mismo tiempo que hablaba, retrocedió para introducirse en el cajón impresionante. Lo hizo sin grandes dificultades, porque se diría que había sido fabricado para contenerle. Mientras tanto, Amelia expresaba en sus ojos el miedo más completo, aunque le faltaba decisión para intervenir. Seguidamente, el guía finalizó su labor al atar los pies de Hutcheson, con lo que éste quedó inmóvil y completamente indefenso dentro de su voluntario encierro. Yo diría que estaba disfrutando de aquel momento, porque así lo demostraba con sus muestras de júbilo.

—Ahora que me encuentro aquí, debo imaginar que la Eva tomada como imagen para construir la «Virgen de Hierro» debió ser hecha de la costilla de un enano. Aquí no hay sitio para moverse. En el territorio de Idaho los carpinteros ponen a nuestro servicio unos ataúdes mucho más grandes... Ha llegado el momento, guía: ya puede comenzar a bajar la puerta. Muy despacio, porque deseo experimentar el mismo terror que aquellos que vieron aproximarse a sus ojos estos pinchos terribles.

—¡Basta ya...! ¡Es una locura...! —gritó Amelia, presa de un ataque de histerismo—. ¡Es demasiado espantoso...! ¡No puedo soportarlo... ¡Quiero salir de aquí...!

Sin embargo, Hutcheson era tan obstinado que se negó a abandonar el juego.

—Escuche, coronel —me aconsejó—. ¿No sería mejor que se diera una vuelta con su esposa? Por nada del mundo me propongo herir sus sentimientos; pero ahora me encuentro aquí... He recorrido ocho mil millas para disfrutar de una experiencia como ésta. Sería muy doloroso para mí abandonar en este momento... Pocas veces se tiene la suerte de encontrarse en una lata de conservas, sintiendo la muerte tan cerca... Váyanse los dos, mientras el guía y yo concluimos esto en unos pocos minutos. En el momento que regresen, los tres nos reiremos juntos del suceso.

Creo que en esta ocasión triunfó una decisión nacida de la curiosidad. Por eso Amelia decidió permanecer allí, fuertemente agarrada a mi brazo y a una prudente distancia de la «Virgen de Hierro». Yo la notaba temblar, cuando ya el guía comenzaba a soltar, muy despacio, la cuerda que sujetaba la puerta del cajón de los suplicios. Debo reconocer que la cara de Hutcheson mostraba una gran satisfacción, a la vez que sus ojos no se separaban de los pinchos afilados que cada vez se encontraban más cerca de su cabeza.

—Les diré que nunca había gozado tanto desde que salí de Nueva York. Eso que peleé en Wapping con un bravo marinero francés, al que me costó doblegar. En este viejo continente no me había divertido mucho, al faltar los indios y los provocadores... ¡Eh, más despacio, amigo! ¡No vaya tan de prisa, que deseo disfrutar al máximo del placer que acabo de pagar!

Creo que el guía llevaba en la sangre algunas gotas de la crueldad de sus antepasados, porque estaba soltando la cuerda con una lentitud exasperante. Pasados unos cinco minutos la puerta sólo se había desplazado unos centímetros, con lo que Amelia se hallaba al borde de otro ataque de histerismo. Sus labios habían perdido todo el color, y su cuerpo presionaba con más fuerza sobre el mío. Busqué con la mirada un banco en el que poder sentarla, al mismo tiempo que ella parecía hipnotizada por la «Virgen de Hierro».

Mientras yo seguía buscando el asiento, de repente descubrí a la gata negra. Estaba agazapada en un rincón. Sus ojos verdes resplandecían con un fuego amenazador, a la vez que por todo su cuerpo aparecían las manchas de sangre y de sesos de su cría.

—¡Ahí esta la gata! —grité, en el mismo instante que la bestia saltaba sobre la máquina de torturas igual que si fuera proyectada por la ballesta más poderosa—. ¡¡Cuidado!!

La bestia me pareció un diablo triunfante: sus ojos brillaban de ferocidad, y con el pelo erizado parecía haber doblado de tamaño. Mientras, su cola azotaba el aire como la de un tigre al arrojarse sobre su presa. Pero falló en su primer ataque. Al contemplarla, Elías P. Hutcheson pareció tan divertido que sus pupilas chispearon de entusiasmo.

—¡Qué me emplumen si esa pequeña india no lleva sobre su cuerpo las pinturas de guerra! Como intente alguno de sus trucos, dele una patada, coronel, porque yo estoy tan atado que sólo puedo mover los ojos. Ese animal desearía arrancármelos... ¡Quieto, amigo, no siga aflojando la cuerda o me dejará encerrado de verdad!

En aquel instante, Amelia perdió el sentido, por lo que debí rodear su cuerpo con mi brazo derecho. Mientras la atendía, pude observar cómo la gata negra se disponía a dar el salto definitivo.

En aquel mismo momento, liberando una especie de maullido agónico, en lugar de saltar sobre el norteamericano lo hizo sobre el rostro del guía. Sus garras se clavaron tan salvajemente como lo pudieron hacer esos dragones rampantes que aparecen en los grabados chinos. Y con una de ellas hirió terriblemente un ojo del infeliz, al mismo tiempo que le arañaba la mejilla, en la que dejó una herida rojiza debido a la sangre que brotaba de las venillas reventadas.

Este hombre salto hacia atrás, dando un grito de espanto, y soltó la cuerda que sujetaba la puerta de hierro. Yo brinqué hacia delante al comprender lo que iba a ocurrir; sin embargo, no pude impedirlo... ¡La cuerda se había deslizado por la polea con la velocidad de un relámpago, dejando que el excesivo peso de la puerta la cerrara de inmediato!

Antes de que esto sucediera, en una fracción de segundo, me pareció ver el rostro de nuestro desdichado compañero de viaje. Había quedado petrificado por el terror. Jamás he contemplado unos ojos tan angustiados, como deslumbrados por una realidad que había superado fatalmente todos sus cálculos. Sin embargo, de sus labios no brotó ni un sólo gemido.

Los pinchos afilados acababan de realizar su trabajo. Por fortuna el fin resultó muy rápido. Cuando logré abrir la puerta de la «Virgen de Hierro», luego de realizar un gran esfuerzo, pude comprobar que el cadáver había perdido los ojos, tenía el corazón atravesado, lo mismo que otras partes del cuerpo, y estaba cubierto por completo de sangre. Se desplomó en el suelo, para quedar boca arriba.

En seguida corrí donde estaba Amelia, la cogí en mis brazos y la saqué de aquella cámara, para evitar que enloqueciese al recuperar el sentido. La dejé en el banco del exterior de la Torre y regresé al lugar de la tragedia. El guía sollozaba de rabia y dolor apoyado en una columna de madera, al mismo tiempo que intentaba limpiarse las heridas con un pañuelo. Y sentada sobre la cabeza de Hutcheson vi a la gata negra, ronroneando satisfecha, además, no dejaba de lamer la sangre que brotaba de las cuencas vacías del cadáver.

Supongo que no existirá nadie en el mundo que me pueda acusar de crueldad por haber empuñado una espada, de las que se encontraban en las estanterías, para decapitar a la bestia de un solo tajo.

¿Fue un sueño?

Guy de Maupassant

Guy de Maupassant nació en el castillo de Miromesnil en 1850. Forma parte del grupo de escritores naturalistas franceses, que se aproximaron a los problemas de la sociedad para contarlos de una forma descarnada, sin olvidar la calidad literaria. Puede decirse que, no desechando del todo el romanticismo, mostraron la otra cara de la realidad que tenían a su alrededor, aunque pudiera ofrecer más aspectos desagradables. Uno de los primeros éxitos de este autor fue Bola de sebo *(1880), que se considera una obra naturalista. En seguida eligió el realismo en novelas como* La casa Tellier *(1881),* Una vida *(1883) y* Bel Ami *(1885). En ésta plasmó la vida decadente de un gran amante dentro de la alta sociedad parisina.*

Maupassant fue también un excelente escritor de relatos, como se puede apreciar en el que incluimos en nuestra Selección de Terror, y de crónicas viajeras, algunas de las cuales ofrecen un estilo literario que resulta asombrosamente actual, aunque se lea más de un siglo después de haber sido escrita. Murió en 1893 víctima de la locura, al haberse visto arrastrado por una enfermedad de mala curación y por una serie de fracasos sentimentales y económicos.

¡Siempre la amé locamente!

¿Cómo nace el amor? ¿Qué nos lleva a sentirnos atraídos por una mujer hasta creer que quedaríamos incompletos de no conseguirla? Resulta muy singular que sólo pueda existir para un hombre una mujer en el mundo, alimentar un único pensamiento en la mente, nada más que una pasión en el corazón y el nombre en los labios de una persona que se considera de propiedad exclusiva... Un nombre que se eleva permanentemente, igual que lo hace el agua más fresca en un manantial de montaña, brotando desde las honduras del alma hasta la boca, para repetirlo continuamente, hasta querer susurrarlo sin parar, en cada uno de los lugares donde uno se encuentre, de la misma forma que si fuera una plegaria que nunca agota.

He de confiaros nuestra historia, porque entiendo que el amor nada más que necesita crear una sola, aunque a un frío observador pueda parecerle la misma, cuando quien la alimenta la considera única. Desde el mismo instante que la conocí tuve la gran fortuna de alimentarme de su ternura, de sus caricias apasionadas, de sus palabras y de los brazos que con tanta delicadeza me rodeaban, dejándome envuelto por completo, dulcemente apresado y subyugado por cada cosa que provenía de ella, hasta el punto de que carecía de importancia si era de día o de noche, sumido en un universo totalmente nuestro.

De repente, ella falleció, se me fue. ¿Cómo pudo suceder? Lo ignoro. Quedé indefenso, sin explicaciones. Sólo recuerdo que una noche, la última, la vi llegar a casa totalmente empapada, debido a que estaba lloviendo copiosamente. A la mañana siguiente la escuché toser, y lo estuvo haciendo a lo largo de una semana insufrible. Fue necesario que guardase cama. Me cuesta pensar en lo que sucedió, creo que llegaron los médicos, escribieron únas recetas y se fueron. Ordené a los criados que compraran las medicinas y varias mujeres se las dieron a beber. Cuando la vi, me tendió los brazos y cogí sus manos, para comprobar que las tenía muy calientes. Me senté a su lado, toqué sus sienes y pude advertir que le ardían, lo mismo que sus ojos encerraban ese brillo triste que produce la fiebre. Cuando la hablé, me contestó con una voz muy débil. He olvidado lo que comentamos, porque me obsesionaba el temor a perderla... Desde el momento que murió, ¡lo he olvidado todo, todo, todo! Nada más que me queda el sonido de sus suspiros de agonía. La enfermera únicamente tuvo que pronunciar una exclamación, «¡ah!», para que yo entendiese que mi amor se había ido para siempre... ¡Esto es lo que comprendí! ¡Esto es lo que comprendí!

Creo que alguien me consultó sobre cómo debía ser el entierro; pero he olvidado lo que conteste, aunque me ha quedado la imagen del ataúd y el sonido, eco infernal, del martillo al clavar la tapa, para encerrarla allí dentro... ¡Dios mío, alejándola para siempre! ¡Para siempre!

Ella fue sepultada, ¡sepultada! ¡La criatura más bella apresada en aquella fosa! Me rodeó la gente... que debía ser amiga... No quise oírles, ni verles, y salí huyendo de allí. Seguí haciéndolo a través de las calles, hasta que volví a mi casa y al día siguiente me fui de viaje... ¿Qué me retenía allí si acababa de perder a la única persona que merecía la pena?

Ayer mismo he vuelto a París. Es el momento en que me encuentro nuevamente en mi dormitorio —nuestro dormitorio, nuestro lecho de boda, esos muebles que los dos seleccionamos, todo lo que se conservaba de la vida de un ser humano luego de su muerte—. Me sentí sacudido por un ataque de nostalgia y de pena, hasta el punto de que me asaltó el impulso de abrir las ventanas para arrojarme al duro empedrado de la calle. No me sentía con fuerzas para seguir en el interior de aquella casa, encerrado entre unas paredes que habían recogido las risas y las voces de felicidad de ella, sentido el roce de su cuerpo o la sensual caricia de su aliento. Recuerdos que debían mantenerse ocultos en algunas de las grietas. Cogí el sombrero dispuesto a marcharme. Sin embargo, antes de salir crucé por delante del enorme espejo del vestíbulo. Espejo que ella había mandado colgar allí mismo, para poderse contemplar de cuerpo entero, con el fin de comprobar si lo que se había puesto le quedaba bien, ya fueran los zapatos, el sombrero, el vestido o las joyas.

Quedé inmóvil ante aquel espejo, en el mismo que ella se había mirado en cientos de ocasiones... ¡Tantas que el cristal debía conservar el recuerdo de su imagen! Permanecí allí de pie, sin dejar de temblar, con la mirada fija en mi reflejo —sumergido en aquel liso, grande y vacío cristal—, sabiendo que nunca más guardaría el suyo. Pero el espejo la había poseído, acaso tanto como yo, lo mismo que sus miradas apasionadas. Creí que podía amar a ese cristal. Alargué la mano para tocarlo... ¡estaba muy frío! ¿Dónde se hallaban mis recuerdos? ¡Mi triste espejo, cálido espejo cuando ella se reflejaba, que sometes a tantos sufrimientos a los hombres que han amado! ¡Feliz el ser humano que es capaz de olvidar todo lo que ha contenido un simple cristal, cada una de las imágenes que han pasado delante de él, lo mucho que ha podido contemplar y las expresiones apasionadas que ha recogido, muchas de ellas enamoradas! ¡Cómo me haces sufrir!

Salí de la casa como un autómata. Sin quererlo me dirigí hasta el cementerio. Mis pasos me llevaron ante una tumba, en la que alguien había colocado una cruz de mármol blanco, en la que se podía leer esta inscripción:

Amó, fue amada y falleció.

¡Ella se encontraba allí, debajo de la lápida, en un ataúd... Descompuesta! ¡Qué terrible! Comencé a gemir con el cuerpo vencido y la frente apoyada en la tierra. No sé el tiempo que permanecí en esta postura. Debió ser mucho. Cuando me incorporé estaba anocheciendo. Súbitamente, me dominó un deseo alocado, el propio de un amante desesperado... Me prometí pasar allí la noche, que acaso fuera la última, sollozando sobre su sepulcro. Pero lo normal es que alguien me viese y no me lo permitiera... ¿Qué podía hacer? Mientras intentaba encontrar una solución a este problema, comencé a caminar por aquella metrópoli de la muerte. Anduve sin rumbo, lejos de todo control del reloj, envuelto cada vez más en la negrura nocturna, a la que mis ojos se habían habituado. No tardé en decirme que me hallaba en una ciudad más pequeña que la del exterior, ésa que correspondía a los vivos. Porque cada uno de nosotros necesita una casa, lo más grande posible, anchas calles y demasiado espacio para las cuatro generaciones que comparten la luz al mismo tiempo; mientras, procuran beber agua de las fuentes o el vino que nace de las vides, y alimentarse con el pan caliente de los campos.

¡Al mismo tiempo para cada una de las generaciones de los difuntos, para la totalidad de los muertos que nos han precedido, no había apenas nada, nada! La tierra se los tragaba para que el olvido de los vivos los sepultara todavía más... ¡El adiós definitivo a los que se fueron para no volver jamás!

Cuando llegué al final del cementerio, caí en la cuenta, de pronto, que había llegado a la zona más antigua, donde los que fallecieron hace más de un siglo ya se habrían confundido con la tierra, porque hasta las cruces de madera de sus tumbas aparecían podridas. Quizá allí fuesen enterrados los que iban a morir mañana. Los senderos se hallaban sembrados de unos rosales que nadie cuidaba, de altos y tétricos cipreses... ¡Triste y hermoso jardín alimentado con carne humana!

Yo me encontraba solo, totalmente solo. Por este motivo procuré acurrucarme debajo de un árbol, escondido al amparo de sus ramas sombrías y frondosas. Allí aguardé, al igual que lo hace el náufrago con la última tabla que flota en medio del océano. Como si hubiera posibilidad de salvación cuando se ha perdido todo.

En el momento que había desaparecido la luz diurna me atreví a abandonar mi escondite, para comenzar a andar tomando ciertas precauciones. No quería hacer ruido, en medio de aquel territorio donde gobernaban los muertos; sin embargo, fui incapaz de localizar el sepulcro de mi amada. Procuré avanzar con los brazos extendidos, lo que no impidió que chocase contra alguna cruz, sobre todo con las que se alzaban en las zonas más oscuras. Me golpeé los brazos, las rodillas, el cuerpo y hasta la cabeza, sin poder encontrar lo que tanto anhelaba. Anduve a tientas igual que un ciego que ha perdido el rumbo. Fui tocando una gran cantidad de lápidas, cruces, verjas de hierro, coronas de metal y otras hechas de flores marchitas. Pude leer los nombres pasando sobre las letras las yemas de los dedos... ¡Qué noche más horrible! ¡Y no pude encontrarla a pesar de todos mis esfuerzos!

La luna se negaba a aparecer. ¡Vaya noche! Me sentí aterrorizado, horriblemente angustiado, preso en aquellos estrechos caminos, que se extendían en medio de dos filas de sepulcros. ¡Sepulcros! ¡Sepulcros! ¡Nada más que sepulcros! Se encontraban a mi derecha, a mi izquierda, delante y detrás de mí. Me envolvían, igual que si hubiera caído en un mar de sepulcros. Me senté en uno de ellos, porque me faltaban las fuerzas para continuar avanzando. Mis piernas se negaban a sostenerme... ¡Si hasta escuché los latidos de mi corazón! Pero oí algo más... ¿Qué era eso? Me pareció un ruido extraño, indefinible... ¿Acaso sólo se encontraba en mi cabeza? ¿Era producido por la noche? ¿Podía estar surgiendo de la tierra impenetrable sembrada de cadáveres humanos? Intenté mirar a mí alrededor, y me quedé inmóvil. Ignoro el tiempo que permanecí en aquel lugar. Me hallaba dominado por un terror paralizante, helado por el pánico, convencido de que había llegado mi última hora.

De repente, me pareció que la lápida de mármol en la que estaba sentado comenzaba a moverse... ¡Sí, alguien la desplazaba! No era una alucinación... ¡Sentí que era alzada! De un salto me trasladé a la tumba más cercana... ¡Entonces pude ver... Sí, pude ver con toda claridad cómo era levantada la lápida, la misma sobre la que había estado sentado! Apareció un muerto... o un esqueleto desnudo, que empujaba la losa desde abajo utilizando su espalda encorvada. Pude contemplarlo con toda nitidez, a pesar de que la noche seguía estando muy oscura. Pero al espectro le rodeaba una especie de fosforescencia y en la inscripción de la cruz conseguí leer:

Aquí fue sepultado Jacques Olivant, que falleció a la edad de cincuenta y un años. Amó a toda su familia, fue bondadoso y honrado, y murió en la gracia de Dios.

El esqueleto se detuvo a leer la misma inscripción. Seguidamente, cogió una piedra del suelo. Era pequeña y afilada, por la que le sirvió para rascar todas las letras con cierta minuciosidad. Una acción que realizó muy despacio, como recreándose, a la vez que las vacías cuencas de su calavera no perdían detalle del lugar que ocupaban las letras. Poco más tarde, sirviéndose de la punta del hueso de lo que había sido su dedo índice, escribió con letras luminosas, muy parecidas a las líneas que los chicos trazan en los muros con una piedra de fósforo:

Aquí fue sepultado Jacques Olivant, que falleció a la edad de cincuenta y un años. Asesinó a su padre a disgustos, porque quería heredar su fortuna; sometió a tortura a su mujer y a sus hijos, se burló de sus vecinos, robó todo lo que le fue posible y falleció en pecado mortal.

El muerto se quedó inmóvil nada más terminar de escribir, como si deseara comprobar su obra. Súbitamente, me vi obligado a mirar a mi alrededor, sin saber dónde fijar la atención, porque todas las tumbas estaban siendo abiertas desde dentro. En seguida contemplé una infinidad de esqueletos borrando las inscripciones de las cruces correspondientes a sus sepulcros, porque iban a sustituirlas con otras auténticas. Pronto comprobé que cada uno de ellos había procurado abusar de sus más íntimos, viviendo entre la malicia, la deshonestidad, la hipocresía, la mentira, la ruindad, la calumnia y la envidia. A cada uno de estos pecados habían unido el robo, el engaño y otros delitos mayores... ¡Esos padres devotos, hijos e hijas honestas, fieles maridos y esposas, honrados comerciantes y todos los que fueron considerados unas personas irreprochables..., se habían cuidado de escribir la verdad, la horrible y sagrada verdad, la cual todo el mundo pretendió ignorar al llegar la muerte!

Como imaginé que ella también habría escrito algo en su cruz, procuré ir a comprobarlo. Podía hacerlo por la luminosidad que brotaba de los sepulcros abiertos. Avancé en medio de los esqueletos, que parecían no escuchar mis pasos, como si estuvieran sordos y ciegos a otra cosa que no fuera el propósito de escribir la verdad, en una multitudinaria labor de expiación...

De pronto, tuve que detenerme... ¡Ella estaba delante de mí! A pesar de encontrarse de espaldas, pude reconocerla fácilmente, y eso que ya era un esqueleto. Debió ser algo emocional, porque el velo negro que cubría su cráneo aparecía raído. Recordaba muy bien la inscripción de su cruz:

Amó, fue amada y falleció.

Pero en aquel instante pude leer:

Se escapó un día de tormenta dispuesta a engañar a su marido. Tanto se mojó que cogió una pulmonía, de la que falleció.

Creo que alguien me encontró, al amanecer, tendido sobre el sepulcro, sin conocimiento.

La mujer alta

CUENTO DE MIEDO

Pedro Antonio de Alarcón

El granadino Pedro Antonio de Alarcón nació en 1813. Desde sus primeras obras se pudo observar que sabía llegar como nadie a los lectores, porque en su forma de narrar existía una vena popular, que no vacilaba a la hora de tocar temas que en otras manos se hubieran convertido en folletines. Desde el romanticismo fue viajando por distintos estilos literarios, sin despreciar el naturalismo y hasta los argumentos de tesis. Pasa por ser uno de los mayores novelistas españoles del siglo XIX*. Lo demuestran los grandes éxitos que consiguió con obras como* El sombrero de tres picos *(1874),* El escándalo *(1875),* El niño de la bola *(1880),* La pródiga *(1882) y* El clavo*. También se hicieron muy populares sus crónicas sobre la guerra de África de 1859.*

En realidad gozó del favor del público durante casi toda su vida literaria. El relato La mujer alta *lo incluyó en su obra* Narraciones inverosímiles *y desde que se publicó está considerado como uno de los mejores cuentos de terror de toda la literatura española, incluyendo a los autores del siglo* XX*. Alarcón falleció en 1891, luego de haber sido un gran polemista, un revolucionario y un personaje de lo más inquieto, por eso se vio envuelto en algunos «duelos de honor» y se le desterró de Madrid en varias ocasiones.*

I

—¡Qué sabemos...! Amigos míos... ¡qué sabemos! —exclamó Gabriel, distinguido ingeniero de Montes, sentándose debajo de un pino y cerca de una fuente, en la cumbre de Guadarrama, a legua y media de El Escorial, en el límite divisorio de las provincias de Madrid y Segovia; sitio y fuente y pino que yo no conozco y me parece estar viendo, pero cuyo nombre se me ha olvidado—. Sentémonos, como es de rigor y está escrito... en nuestro programa —continuó Gabriel—, a descansar y hacer por la vida en este ameno y clásico paraje, famoso por la virtud digestiva del agua de ese manantial y por los muchos borregos que aquí se han comido nuestros ilustres maestros Miguel Bosch, don Máximo Laguna, don Agustín Pascual y otros grandes naturalistas; os contaré una rara y peregrina historia en comprobación de mi tesis... reducida a manifestar, aunque me llaméis oscurantista, que en el globo terráqueo ocurren todavía cosas sobrenaturales: esto es, cosas que no caben en la cuadrícula de la razón, de la ciencia ni de la filosofía, tal y como hoy se entienden (o no entienden) semejantes palabras, palabras y palabras, que diría Hamlet...

Endosaba Gabriel este pintoresco discurso a cinco sujetos de diferente edad; pero ninguno joven, y sólo uno entrado ya en años; también ingenieros de Montes tres de ellos, pintor el cuarto y un poco literato el quinto; todos los cuales habían subido con el orador, que era el más pollo, en sendas burras de alquiler, desde el Real Sitio de San Lorenzo, a pasar aquel día herborizando en los hermosos pinares de Peguerinos, cazando mariposas por medio de mangas de tul, cogiendo coleópteros raros bajo la corteza de los pinos enfermos y comiéndose una carga de víveres fiambres pagados a escote.

Sucedía esto en 1875, y era el rigor del estío; no recuerdo si el día de Santiago o el de San Luis... Inclínome a creer el de San Luis. Como quiera que fuese, gozábase en aquellas alturas de un fresco delicioso, y el corazón, el estómago y la inteligencia funcionaban allí mejor que en el mundo social y la vida ordinaria...

Sentado que se hubieron los seis amigos, Gabriel continuó hablando de esta manera:

—Creo que no me tacharéis de visionario... Por fortuna o desgracia mía, soy, digámoslo así, un hombre a la moderna, nada supersticioso, y tan positivista como el que más, bien que incluya entre los datos positivos de la naturaleza todas las misteriosas facultades y emociones de mi alma en materias de sentimiento... Pues bien: a propósito de fenómenos sobrenaturales y extranaturales, oíd lo que yo he oído y ved lo que yo he visto, aun sin ser el verdadero héroe de la singularísima historia que voy a contar; y decidme en seguida qué explicación terrestre física, natural, o como queramos llamarla, puede darse a tan maravilloso acontecimiento.

—El caso fue como sigue... ¡A ver! ¡Echad una gota, que ya se habrá refrescado el pellejo dentro de esa bullidora y cristalina fuente, colocada por Dios en esta pinífera cumbre para enfriar el vino de los botánicos!

II

—Pues, señor, no sé si habréis oído hablar de un ingeniero de Caminos llamado Telesforo X..., que murió en 1860...

—Yo no...

—¡Yo sí!

—Yo también; un muchacho andaluz de bigote negro, que estuvo para casarse con la hija del marqués de Moreda..., y que murió de icetricia.

—¡Ese mismo! —continuó Gabriel—. Pues bien: mi amigo Telesforo, medio año antes de su muerte, era todavía un joven brillantísimo, como se dice ahora. Guapo, fuerte, animoso, con la aureola de haber sido el primero de su promoción en la Escuela de Caminos, y acreditado ya en la práctica por la ejecución de notables trabajos, disputábanselo varias empresas particulares en aquellos años de oro de las obras públicas, y también se lo disputaban las mujeres por casar o mal casadas y, por supuesto, las viudas impenitentes, y entre ellas alguna muy buena moza que... Pero la tal viuda no viene ahora a cuento, pues a quien Telesforo quiso con toda formalidad fue a su citada novia, la pobre Joaquinita Moreda, y lo otro no pasó de un amorío puramente «usufructuario»...

—¡Señor don Gabriel, al orden!

—Sí..., sí, voy al orden, pues ni mi historia ni la controversia pendiente se prestan a chanzas ni donaires. Juan, échame otro medio vaso... ¡Bueno está de verdad este vino! Con que atención y poneros serios, que ahora viene lo luctuoso.

Sucedió, como sabréis los que la conocisteis, que Joaquina murió de repente en los baños de Santa Águeda al fin del verano de 1859... Hallábame yo en Pau cuando me dieron tan triste noticia, que me afectó muy especialmente por la íntima amistad que me unía a Telesforo... A ella sólo le había hablado una vez, en casa de su tía la generala López, y por cierto que aquella palidez azulada, propia de las personas que tienen un aneurisma, me pareció desde luego indicio de mala salud... Pero, en fin, la muchacha valía cualquier cosa por su distinción, hermosura y garbo; y como además era hija única de título, y de título que llevaba anejos algunos millones, conocí que mi buen matemático estaría inconsolable... Por consiguiente, no bien me halle de regreso a Madrid, a los quince o veinte días de su desgracia, fui a verlo una mañana muy temprano a su elegante habitación de mozo de casa abierta y de jefe de oficina, calle del Lobo... No recuerdo el número, pero sí que era muy cerca de la carrera de San Jerónimo.

Contristadísimo, bien que grave y en apariencia dueño de su dolor, estaba el joven ingeniero trabajando ya a aquella hora con sus ayudantes en no sé qué proyecto de ferrocarril, y vestido de riguroso luto. Abrazóme estrechísimamente y por largo rato, sin lanzar ni el más leve suspiro; dio en seguida algunas instrucciones sobre el trabajo pendiente a uno de sus ayudantes, y condújome, en fin, a su despacho particular, situado al extremo opuesto de la casa, diciéndome por el camino con acento lúgubre y sin mirarme:

—Mucho me alegro de que hayas venido... Varias veces te he echado de menos en el estado en que me hallo... Ocúrreme una cosa muy particular y extraña, que sólo un amigo como tú podría oír sin considerarme imbécil o loco, y acerca de la cual necesito oír alguna opinión serena y fría como la ciencia... Siéntate... —prosiguió diciendo, cuando hubimos llegado a su despacho—, y no temas en manera alguna que vaya a angustiarte describiéndote el dolor que me aflige, y que durará tanto como mi vida... ¿Para qué? ¡Tú te lo figuraras fácilmente a poco que entiendas de cuitas humanas, y yo no quiero ser consolado ni ahora, ni después, ni nunca! De lo que te voy a hablar con la detención que requiere el caso, o sea tomando el asunto desde su origen, es de una circunstancia horrenda y misteriosa que ha servido como de agüero infernal a esta desventura, y que tiene conturbado mi espíritu hasta un extremo que te dará espanto...

—¡Habla! —respondí yo, comenzando a sentir, en efecto, no sé que arrepentimiento de haber entrado en aquella casa, al ver la expresión de cobardía que se pintó en el rostro de mi amigo.

—Oye... —repuso él, enjugándose la sudorosa frente.

III

No sé si por fatalidad innata de mi imaginación o por vicio adquirido al oír alguno de aquellos cuentos de vieja con que tan imprudentemente se asusta a los niños en la cuna, el caso es que desde mis tiernos años no hubo cosa que me causase tanto horror y susto, ya me la figurara mentalmente, ya me la encontrase en realidad, como una mujer sola, en la calle, a las altas horas de la noche.

Te consta que nunca he sido cobarde. Me batí en duelo, como cualquier hombre decente, cierta vez que fue necesario, y recién salido de la Escuela de Ingenieros, cerré a palos y a tiros en Despeñaperros con mis sublevados peones, hasta que los reduje a la obediencia. Toda mi vida, en Jaén, en Madrid, y en otros varios puntos, he andado a deshora por la calle, solo, sin armas, atento únicamente al cuidado amoroso que me hacía velar, y si por acaso he topado con bultos de mala catadura, fueran ladrones o simples perdonavidas, a ellos les ha tocado huir o echarse a un lado, dejándome libre el mejor camino... Pero si el bulto era una mujer sola, parada o andando, y yo iba también solo, y no se veía más alma viviente por ningún lado... entonces (ríete si se te antoja, pero créeme) poníaseme carne de gallina; vagos temores asaltaban mi espíritu; pensaba en almas del otro mundo, en seres fantásticos, en todas las invenciones supersticiosas que me hacían reír en cualquier otra circunstancia y apretaba el paso, o me volvía atrás, sin que ya se me quitara el susto ni pudiera distraerme ni un momento hasta que me veía dentro de mi casa.

Una vez en ella, echándome también a reír me avergonzaba de mi locura, sirviéndome de alivio el pensar que no la conocía nadie. Allí me daba cuenta fríamente de que, pues yo no creía en duendes, ni en brujas, ni en aparecidos, nada había debido temer de aquella flaca hembra, a quien la miseria, el vicio o algún accidente desgraciado tendrían a tal hora fuera de su hogar, y a quien mejor me hubiera estado ofrecer auxilio por si lo necesitaba, o dar limosna si me la pedía... Repetíase, con todo, la deplorable escena cuantas veces se me presentaba otro caso igual. ¡Y cuenta que ya tenía yo veinticinco años, muchos de ellos de aventurero nocturno, sin que jamás me hubiese ocurrido lance alguno penoso con las tales mujeres solitarias y trasnochadoras!... Pero, en fin, nada de lo dicho llegó nunca a adquirir verdadera importancia, pues aquel pavor irracional se me disipaba siempre tan luego como llegaba a mi casa o veía a otras personas en la calle, y ni tan siquiera lo recordaba a los pocos minutos, como no se recuerdan las equivocaciones o necedades sin fundamento ni consecuencia.

Así las cosas, hace muy cerca de tres años... (desgraciadamente, tengo varios motivos para poder fijar la fecha: ¡la noche del 15 al 16 de noviembre de 1857!) volvía yo, a las tres de la madrugada, a aquella casita de la calle Jardines, cerca de la calle de la Montera, en que recordarás viví por entonces... Acababa de salir, a hora tan avanzada, y con un tiempo feroz de viento y frío, no de ningún nido amoroso, sino de... (te lo diré, aunque te sorprenda), de una especie de casa de juego, no conocida bajo este nombre por la policía, pero donde ya se habían arruinado muchas gentes, y a la cual me habían llevado a mí aquella noche por primera... y última vez. Sabes que nunca he sido jugador; entré allí engañado por un mal amigo, en la creencia de que todo iba a reducirse a trabar conocimiento con ciertas damas elegantes, de virtud equívoca *(demimonde* puro), so pretexto de jugar algunos maravedises al *Enano,* en mesa redonda, con faldas de bayeta; y el caso fue que a eso de las doce comenzaron a llegar nuevos contertulios, que iban al Teatro Real o de salones verdaderamente aristocráticos, y mudóse de juego, y salieron a relucir monedas de oro, después billetes y luego bonos escritos con lápiz, y yo me enfrasqué poco a poco en la selva oscura del vicio, llena de fiebres y tentaciones, y perdí todo lo que llevaba, y todo lo que poseía, y aún quedé debiendo un dineral... con el pagaré correspondiente. Es decir, que me arruiné por completo, y que, sin la herencia y los grandes negocios que tuve enseguida, mi situación hubiera sido muy angustiosa y apurada.

Volví yo, digo, a mi casa aquella noche, tan a deshora, yerto de frío, hambriento, con la vergüenza, y el disgusto que puedes suponer, pensando, más que en mí mismo, en mi anciano y enfermo padre, a quien tendría que escribir pidiéndole dinero, lo cual no podría menos de causarle tanto dolor como asombro, pues me consideraba en muy buena y desahogada posición..., cuando, a poco de penetrar en mi calle por el extremo que da a la de Peligros, y al pasar por delante de una casa recién construida de la acera que yo llevaba, advertí que en el hueco de su cerrada puerta estaba de pie, inmóvil y rígida, como si fuese de palo, una mujer muy alta y fuerte, como de sesenta años de edad, cuyos malignos y audaces ojos sin pestañas se clavaron en los míos como dos puñales, mientras que su desdentada boca me hizo una mueca horrible por vía de sonrisa...

El propio terror o delirante miedo que se apoderó de mí instantáneamente dióme no sé qué percepción maravillosa para distinguir de golpe, o sea en dos segundos que tardaría en pasar rozando con aquella repugnante visión, los pormenores más ligeros de su figura y de su traje... Voy a ver si coordino mis impresiones del modo y forma que los recibí, y tal y como se grabaron para siempre en mi cerebro a la mortecina luz del farol que alumbró con infernal relámpago tan fatídica escena...

Pero me excitó demasiado, ¡aunque no sin motivo, como verás más adelante! Descuida, sin embargo, por el estado de mi razón... ¡Todavía no estoy loco!

Lo primero que me chocó en aquella que denominaré mujer fue su elevada talla y la anchura de sus descarnados hombros; luego, la redondez y fijeza de sus marchitos ojos de búho, la enormidad de su saliente nariz y la gran mella central de su dentadura, que convertía su boca en una especie de oscuro agujero y, por último, su traje de mozuela de Lavapiés, el pañolito nuevo de algodón que llevaba a la cabeza, atado debajo de la barba, y un diminuto abanico abierto que tenía en la mano, y con el cual se cubría, afectando pudor, el centro del talle.

¡Nada más ridículo y tremendo, nada más irrisorio y sarcástico que aquel abaniquillo en unas manos tan enormes, sirviendo como de cetro de debilidad a giganta tan fea, vieja y huesuda! Igual afecto producía el pañolejo de vistoso percal que adornaba su cara, comparado con aquella nariz de tajamar, aguileña, masculina, que me hizo creer un momento (no sin regocijo) si se trataría de un hombre disfrazado... Pero su cínica mirada y asquerosa sonrisa eran de vieja, de bruja, de hechicera, de Parca... ¡no sé de qué! ¡De algo que justificaba plenamente la aversión y el susto que me habían causado toda mi vida las mujeres que andaban solas, de noche, por la calle!... ¡Dijérase que, desde la cuna, había presentido yo aquel encuentro! ¡Dijérase que lo temía por instinto, como cada ser animado teme y adivina, y ventea, y reconoce a su antagonista natural antes de haber recibido de él ninguna ofensa, antes de haberlo visto, sólo con sentir sus pisadas!

No eché a correr en cuanto vi a la esfinge de mi vida, menos por vergüenza o varonil decoro, que por temor a que mi propio miedo le revelase quién era yo, o le diese alas para seguirme, para acometerme, para... ¡no sé! ¡Los peligros que sueña el pánico no tienen forma ni nombre traducibles!

Mi casa estaba al extremo opuesto de la prolongada y angosta calle en que me hallaba yo solo, enteramente solo, con aquella misteriosa estantigua, a quien creía capaz de aniquilarme con una palabra... ¿Qué hacer para llegar hasta allí? ¡Ah! ¡Con qué ansia veía a lo lejos la anchurosa y muy alumbrada calle de la Montera, donde a todas horas hay agentes de la autoridad!

Decidí, pues, sacar fuerzas de flaqueza; disimular y ocultar aquel pavor miserable; no acelerar el paso, pero ganar siempre terreno, aun a costa de años de vida y de salud, y de esta manera, poco a poco, irme acercando a mi casa, procurando muy especialmente no caerme antes redondo al suelo.

Así caminaba...; así habría andado ya lo menos veinte pasos desde que dejé atrás la puerta en que estaba escondida la mujer del abanico, cuando de pronto se me ocurrió una idea horrible, espantosa, y, sin embargo, muy racional: ¡la idea de volver la cabeza a ver si me seguía mi enemiga!

—Una de dos... —pensé con la rapidez del rayo—: o mi terror tiene fundamento o es una locura; si tiene fundamento, esa mujer habrá echado detrás de mí, estará alcanzándome y no hay salvación para mí en este mundo... Y si es una locura, una aprensión, un pánico como cualquier otro, me convenceré de ello en el presente caso y para todos los que me ocurran, al ver que esa pobre anciana se ha quedado en el hueco de aquella puerta preservándose del frío o esperando a que le abran; con lo cual yo podré seguir marchando hacia mi casa tranquilamente y me habré curado de una manía que tanto me abochorna.

Formulando este razonamiento, hice un esfuerzo extraordinario y volví la cabeza.

¡Ah! ¡Gabriel! ¡Gabriel! ¡Qué desventura! ¡La mujer alta me había seguido con sordos pasos, estaba encima de mí, casi me tocaba con el abanico, casi asomaba su cabeza sobre mi hombro!

¿Por qué? ¿Para qué, Gabriel mío? ¿Era una ladrona? ¿Era efectivamente un hombre disfrazado? ¿Era una vieja irónica, que había comprendido que le tenía miedo? ¿Era el espectro de mi propia cobardía? ¿Era el fantasma burlón de las decepciones y deficiencias humanas?

¡Interminable sería decirte todas las cosas que pensé en un momento! El caso fue que di un grito y salí corriendo como un niño de cuatro años que juzga ver al coco y ya no dejé de correr hasta que desemboqué en la calle de la Montera...

Una vez allí, se me quitó el miedo por ensalmo. ¡Y eso que la calle de la Montera estaba también solitaria! Volví, pues, la cabeza hacia la de Jardines, que enfilaba en toda su longitud, y que estaba suficientemente alumbrada por sus tres faroles y por un reverbero de la calle de Peligros, para que no se me pudiese oscurecer la mujer alta si por acaso había retrocedido en aquella dirección y ¡vive el cielo que no la vi parada, ni andando, ni en ninguna manera!

Con todo, guardéme muy bien de penetrar de nuevo en mi calle.

«¡Esa bribona —me dije— se habrá metido en el hueco de una puerta!... Pero mientras sigan alumbrando los faroles no se moverá sin que yo no lo note desde aquí...».

En esto vi aparecer a un sereno por la calle del Caballero de Gracia, y lo llamé sin desviarme de mi sitio; díjele, para justificar la llamada y excitar su celo, que en la calle de Jardines había un hombre vestido de mujer; que entrase en dicha calle por la de Peligros, a la cual debía dirigirse por la de la Aduana; que yo permanecería quieto en aquella otra salida y que así no podría escapársenos el que a todas luces era un ladrón o un asesino.

Obedeció el sereno; tomó por la calle de la Aduana, y cuando yo vi avanzar su farol por el otro lado de la de Jardines, penetré también en ella resueltamente.

Pronto nos reunimos en su promedio, sin que ni el uno ni el otro hubiésemos encontrado a nadie, a pesar de haber registrado puerta por puerta.

—Se habrá metido en alguna casa... —dijo el sereno.

—¡Eso será! —respondí yo abriendo la puerta de la mía, con firme resolución de mudarme a otra calle al día siguiente.

Pocos momentos después hallábame dentro de mi cuarto tercero, cuyo picaporte llevaba también siempre conmigo, a fin de no molestar a mi buen criado José.

¡Sin embargo, éste me aguardaba aquella noche! ¡Mis desgracias del 16 de noviembre no habían concluido!

—¿Qué ocurre? —le pregunté con extrañeza.

—Aquí ha estado —me respondió visiblemente conmovido— esperando a usted, desde las once hasta las dos y media, el señor comandante Falcón, y me ha dicho que, si venía usted a dormir a casa, no se desnudase, pues él volvería al amanecer...

Semejantes palabras me dejaron frío de dolor y espanto, cual si me hubieran notificado mi propia muerte... Sabedor yo de que mi amadísimo padre, residente en Jaén, padecía aquel invierno frecuentes y peligrosísimos ataques de su crónica enfermedad, había escrito a mis hermanos que en el caso de un repentino desenlace funesto telegrafiasen al comandante Falcón, el cual me daría la noticia de la manera más conveniente... ¡No me cabía, pues, la duda de que mi padre había fallecido!

Sentéme en una butaca a esperar el día y a mi amigo, y con ellos la noticia oficial de tan grande infortunio, y ¡Dios sólo sabe cuánto padecí en aquellas dos horas de cruel expectativa, durante las cuales (y es lo que tiene relación con la presente historia) no podía separar en mi mente tres ideas distintas, y al parecer heterogéneas, que se empeñaban en formar monstruoso y tremendo grupo: mi pérdida al juego, el encuentro con la mujer alta y la muerte de mi honrado padre!

A las seis en punto penetró en mi despacho el comandante Falcón, y me miró en silencio...

Arrojóme en sus brazos llorando desconsoladamente, y él exclamó acariciándome:

—¡Llora, sí, hombre, llora! ¡Y ojalá ese dolor pudiera sentirse muchas veces!

IV

—Mi amigo Telesforo —continuó Gabriel después que hubo apurado otro vaso de vino— descansó también un momento al llegar a este punto, y luego prosiguió en los términos siguientes:

—Si mi historia terminara aquí, acaso no encontrarías nada de extraordinario ni sobrenatural en ella, y podrías decirme lo mismo que por entonces me dijeron dos hombres de mucho juicio a quienes se la conté: que cada persona de viva y ardiente imaginación tiene su terror pánico: que el mío eran las trasnochadoras solitarias, y que la vieja de la calle de Jardines no pasaría de ser una pobre sin casa ni hogar, que iba a pedirme limosna cuando yo lancé el grito y salí corriendo, o bien una repugnante Celestina de aquel barrio, no muy católico en materia de amores...

También quise creerlo yo así; también lo llegué a creer al cabo de algunos meses; no obstante lo cual hubiera dado entonces años de vida por la seguridad de no volver a encontrarme a la mujer alta. ¡En cambio, hoy daría toda mi sangre por encontrármela de nuevo!

—¿Para qué?

—¡Para matarla en el acto!

—No te comprendo...

—Me comprenderás si te digo que volví a tropezarme con ella hace tres semanas, pocas horas antes de recibir la nueva fatal de la muerte de mi pobre Joaquina...

—Cuéntame... Cuéntame...

—Poco más tengo que decirte. Eran las cinco de la madrugada; volvía yo de pasar la última noche, no diré de amor, sino de amarguísimos lloros y desgarradora contienda, con mi antigua querida la viuda de T..., ¡de quien érame ya preciso separarme por haberse publicado mi casamiento con la otra infeliz a quien estaban enterrando en Santa Águeda a aquella misma hora!

Todavía no era día completo; pero ya clareaba el alba en las calles enfiladas hacia oriente. Acababan de apagar los faroles, y habiánse retirado los serenos, cuando, al ir a cortar la calle del Prado, o sea a pasar de una a otra sección de la calle del Lobo, cruzó por delante de mí, como viniendo de la plaza de las Cortes y dirigiéndose a la de Santa Ana, la espantosa mujer de la calle de Jardines.

No me miró, y creí que no me había visto... Llevaba la misma vestimenta y el mismo abanico que hace tres años... ¡Mi azoramiento y cobardía fueron mayores que nunca! Corté rapidísimamente la calle del Prado, luego que ella pasó, bien que sin quitarle ojo, para asegurarme que no volvía la cabeza, y cuando hube penetrado en la otra sección de la calle del Lobo, respiré como si acabara de pasar a nado una impetuosa corriente, y apresuré de nuevo mi marcha hacia acá con más regocijo que miedo, pues consideraba vencida y anulada a la odiosa bruja, en el mero hecho de haber estado tan próximo de ella sin que me viese...

De pronto, y cerca ya de esta mi casa, acometióme como un vértigo de terror pensando en si la muy taimada vieja me había visto y conocido; en si se habría hecho la desentendida para dejarme penetrar en la todavía oscura calle del Lobo y asaltarme allí impunemente; en si vendría tras de mí; en si ya la tendría encima...

Vuélvome en esto..., y ¡allí estaba! ¡Allí, a mi espalda, casi tocándome con sus ropas, mirándome con sus viles ojuelos, mostrándome la asquerosa mella de su dentadura, abanicándose irrisoriamente, como si se burlara de mi pueril espanto!...

Pasé del terror a la más inmensa ira, a la furia salvaje de la desesperación, y arrojome sobre el corpulento vejestorio: tírelo contra la pared, echándole una mano a la garganta, y con la otra, ¡qué asco!, púseme a palpar su cara, su seno, el lío ruin de sus cabellos sucios, hasta que me convencí justamente de que era criatura humana y mujer.

Ella había lanzado entretanto un aullido ronco y agudo al propio tiempo que me pareció falso, o fingido, como expresión hipócrita de un dolor y de un miedo que no sentía, y luego exclamó, haciendo como que lloraba, pero sin llorar, antes bien mirándome con ojos de hiena:

—¿Por qué la ha tomado usted conmigo?

Esta frase aumentó mi pavor y debilitó mi cólera.

—¡Luego usted recuerda —grité— haberme visto en otra parte!

—¡Ya lo creo, alma mía! —respondió sardónicamente—. ¡La noche de San Eugenio, en la calle de Jardines, hace tres años!...

Sentí frío dentro de los tuétanos.

—Pero ¿quién es usted? —le dije sin soltarla—. ¿Por qué corre detrás de mí? ¿Qué tiene usted que ver conmigo?

—Yo soy una débil mujer... —contestó diabólicamente—. ¡Usted me odia y me teme sin motivo!... Y si no, dígame usted, señor caballero, ¿por qué se asustó de aquel modo la primera vez que me vio?

—¡Porque la aborrezco a usted desde que nací! ¡Porque es usted el demonio de mi vida!

—¿De modo que usted me conocía hace mucho tiempo?, ¡Pues mira, hijo, yo también a ti!

—¡Usted me conocía! ¿Desde cuándo?

—¡Desde antes que nacieras! Y cuanto te vi pasar junto a mí hace tres años, me dije a mí misma: «¡Este es!».

—Pero ¿quién soy yo para usted? ¿Quién es usted para mí?

—¡El demonio! —respondió la vieja escupiéndome en mitad de la cara, librándose de mis manos y echando a correr velocísimamente con las faldas levantadas hasta más arriba de las rodillas y sin que sus pies produjesen ruido alguno al tocar la tierra...

¡Locura intentar alcanzarla!... Además, por la Carrera de San Jerónimo pasaba ya alguna gente, y por la calle del Prado también. Era completamente de día. La mujer alta siguió corriendo, o volando hasta la calle de las Huertas, alumbrada ya por el sol; paróse allí a mirarme; amenazóme una y otra vez esgrimiendo el abaniquillo cerrado, y desapareció detrás de una esquina...

¡Espera otro poco, Gabriel! ¡No falles todavía este pleito, en que se juegan mi alma y mi vida! ¡Óyeme dos minutos más!

Cuando entré en mi casa me encontré con el coronel Falcón, que acababa de llegar para decirme que mi Joaquina, mi novia, toda mi esperanza de dicha y ventura sobre la tierra, ¡había muerto el día anterior en Santa Águeda! El desgraciado padre se lo había telegrafiado a Falcón para que me lo dijese... ¡a mí, que debí haberlo adivinado una hora antes, al encontrarme al demonio de mi vida! ¿Comprendes ahora que necesito matar a la enemiga innata de mi felicidad, a esa inmunda vieja, que es como el sarcasmo viviente de mi destino?

Pero ¿qué digo matar? ¿Es mujer? ¿Es criatura humana? ¿Por qué la he presentido desde que nací? ¿Por qué me reconoció al verme? ¿Por qué no se me presenta sino cuando me ha sucedido alguna gran desdicha? ¿Es Satanás? ¿Es la Muerte? ¿Es la Vida? ¿Es el anticristo? ¿Quién es? ¿Qué es?...

V

—Os hago gracia, queridos amigos —continuó Gabriel—, de las reflexiones y argumentos que emplearía yo para ver de tranquilizar a Telesforo; pues son los mismos, mismísimos, que estáis vosotros preparando ahora para demostrarme que en mi historia no pasa nada sobrenatural o sobrehumano... Vosotros diréis más: vosotros diréis que mi amigo estaba medio loco; que lo estuvo siempre; que, cuando menos, padecía la enfermedad moral llamada por unos «terror pánico» y por otros «delirio emotivo»; que, aun siendo verdad todo lo que refería acerca de la mujer alta, habría que atribuirlo a coincidencias casuales de fechas y accidentes; y, por fin, que aquella pobre vieja podía también estar loca, o ser una ratera o una mendiga, o una zurcidora de voluntades, como se dijo a sí propio el héroe de mi cuento, en un intervalo de lucidez y buen sentido...

—¡Admirable suposición! —exclamaron los camaradas de Gabriel en variedad de formas—. ¡Eso mismo íbamos a contestarte nosotros!

—Pues escuchad todavía unos momentos y veréis que yo me equivoqué, como vosotros os equivocáis ahora. ¡El que desgraciadamente no se equivocó nunca fue Telesforo! ¡Ah! ¡Es mucho más fácil pronunciar la palabra locura que hallar explicación a ciertas cosas que pasan en la Tierra!

—¡Habla! ¡Habla!

—Voy allá; y esta vez, por ser ya la última, reanudaré el hilo de mi historia sin beberme antes un vaso de vino.

IV

A los pocos días de aquella conversación con Telesforo, fui destinado a la provincia de Albacete en mi calidad de ingeniero de Montes; y no habían trascurrido muchas semanas cuando supe, por un contratista de obras públicas, que mi infeliz amigo había sido atacado de una horrorosa ictericia; que estaba enteramente verde, postrado en un sillón, sin trabajar ni querer ver a nadie, llorando de día y de noche con inconsolable amargura, y que los médicos no tenían ya esperanza alguna de salvarlo. Comprendí entonces por qué no contestaba a mis cartas, y hube de reducirme a pedir noticias suyas al coronel Falcón, que cada vez me las daba más desfavorables y tristes...

Después de cinco meses de ausencia, regresé a Madrid el mismo día que llegó el parte telegráfico de la batalla de Tetuán... Me acuerdo como de lo que hice ayer. Aquella noche compré la indispensable *Correspondencia de España*, y lo primero que leí fue la noticia de que Telesforo había fallecido y la invitación a su entierro para la mañana siguiente.

Comprenderéis que no falté a la triste ceremonia. Al llegar al cementerio de San Luis, adonde fui en uno de los coches más próximos al carro fúnebre, llamó mi atención una mujer del pueblo, vieja, y muy alta, que se reía impíamente al ver bajar el féretro, y que luego se colocó en ademán de triunfo delante de los enterradores, señalándoles con un abanico muy pequeño la galería que debían seguir para llegar a la abierta y ansiosa tumba...

A la primera ojeada reconocí, con asombro y pavura, que era la implacable enemiga de Telesforo, tal y como él me la había retratado, con su enorme nariz, con sus infernales ojos, con su asquerosa mella, con su pañolejo de percal y con aquel diminuto abanico, que parecía en sus manos el cetro del impudor y de la mofa...

Instantáneamente reparó en que yo la miraba, y fijó en mí la vista de un modo particular como reconociéndome, como dándose cuenta de que yo la reconocía, como enterada de que el difunto me había contado las escenas de la calle de Jardines y de la del Lobo, como desafiándome, como declarándome heredero del odio que había profesado a mi infortunado amigo...

Confieso que entonces mi miedo fue superior a la maravilla que me causaban aquellas nuevas coincidencias o casualidades. Veía patente que alguna relación sobrenatural anterior a la vida terrena había existido entre la misteriosa vieja y Telesforo; pero en tal momento sólo me preocupaba mi propia vida, mi propia alma, mi propia ventura, que correrían peligro si llegaba a heredar semejante infortunio...

La mujer alta se echó a reír, y me señaló ignominiosamente con el abanico, cual si hubiese leído en mi pensamiento y denunciase al público mi cobardía... Yo tuve que apoyarme en el brazo de un amigo para no caer al suelo, y entonces ella hizo un ademán compasivo o desdeñoso, giró sobre los talones y penetró en el camposanto con la cabeza vuelta hacia mí, abanicándose y saludándome a un propio tiempo, y contoneándose entre los muertos con no sé qué infernal coquetería, hasta que, por último, desapareció para siempre en aquel laberinto de patios y columnatas llenos de tumbas...

Y digo para siempre, porque han pasado quince años y no he vuelto a verla... Si era criatura humana, ya debe de haber muerto, y si no lo era, tengo la seguridad de que me ha desdeñado...

¡Conque vamos a cuentas! ¡Decidme vuestra opinión acerca de tan curiosos hechos! ¿Los consideráis todavía naturales?

* * *

Ocioso fuera que yo, el autor del cuento o historia que acabáis de llevar, estampase aquí las contestaciones que dieron a Gabriel sus compañeros y amigos, puesto que, al fin y a la postre, cada lector habrá de juzgar el caso según sus propias sensaciones y creencias...

Prefiero, por consiguiente, hacer punto final en este párrafo, no sin dirigir el más cariñoso y expresivo saludo a cinco de los seis expedicionarios que pasaron juntos aquel inolvidable día en las frondosas cumbres del Guadarrama

Valdemoro, 25 de agosto de 1881

La muerte de Halpin Frayser

Ambrose Bierce

Ambrose Bierce nació en 1838 en los Estados Unidos, cuando se estaba produciendo la gran «estampida» hacia el Oeste. Como poseía una personalidad muy sensible, le afectaban más que a nadie las injusticias sociales. Luego de participar en la Guerra Civil, le quedó el apodo del «Amargo» por el tono pesimista de sus escritos. Si como periodista había adquirido fama de ir contra corriente, en el momento que comenzó a publicar sus relatos, la mayoría de ellos centrados en temas de sangre y de muerte, comenzó a verse rodeado de un importante número de enemigos. Sin embargo, fueron más sus seguidores, gracias al descarnado estilo literario, sobre todo al tocar los argumentos relacionados con el Oeste de su país, dos de los cuales ofrecemos en nuestra Selección de Terror.

Singularmente, en Bierce se percibe un toque de humor, más que de ironía, que rodea su estilo de un gran realismo, propio de un observador que supo plasmar los sentimientos más turbios de sus contemporáneos. Toda su existencia estuvo rodeada de problemas. Se desconoce cómo murió en 1914, aunque se supone que debió ocurrir en México, donde llegó atraído por la Revolución. Desde entonces puede afirmarse que se convirtió en un personaje de leyenda, lo que para sus admiradores nos llena de satisfacción.

I

Las transformaciones que origina la muerte resultan más importantes de lo que se piensa. El hecho de que el alma que ha escapado del cuerpo tienda a reencarnarse en la original envoltura carnal, no impide que algunos cuerpos sin alma recorran la tierra. Los que llegan a tropezarse con espectros semejantes han conseguido sobrevivir para dar testimonio de lo visto, al afirmar que aquellos no conocen los buenos sentimientos, porque los han olvidado, ya que sólo alimentan un odio inmenso. De la misma forma se tiene conocimiento de que diferentes almas que en vida se mostraron bondadosas, luego de morir se convirtieron en la representación de la maldad.

Hali

En una oscura noche de verano el hombre que se había tumbado a dormir, en medio de un bosque de Napa Valley, despertó de una pesadilla sin recuerdos, rastreó las tinieblas con ojos asustados y susurró las palabras siguientes: «Catherine Larue». Sólo se escuchó esto, a pesar de que no tenía motivos para pronunciar ese nombre.

Este hombre se llamaba Halpin Frayser, había residido en St. Helena y, en aquellos momentos, carecía de un domicilio fijo, porque estaba muerto. Quienes buscan un lecho en los bosques, sin más colchón que las hojas secas y el suelo húmedo, a la vez que tienen como techumbre las ramas desnudas de un árbol, están agonizando o les quedan pocos días de vida. En realidad se sienten desahuciados del mundo de los vivos.

Unas circunstancias que no parecían corresponder a un individuo con menos de treinta y dos años, aunque muchos seres consideran que esta edad ya es muy avanzada. Claro que esos seres son los niños. Hay quien estima que en el viaje por la existencia desde el puerto de partida, el barco que no ha llegado al horizonte se encuentra muy cerca de la orilla; sin embargo, el que lo ve desde una montaña, a gran distancia considera que está muy lejos. Dos formas de valorar la vida que a Halpin Frayser le traían sin cuidado, como tampoco se consideraba muerto por haber dormido en el bosque.

El día anterior lo había pasado recorriendo las colinas, al oeste del valle de Napa. Perseguía a las palomas y a otros animales pequeños, porque necesitaba comer algo de carne. Como al atardecer el cielo se cubrió de nubes, perdió el sentido de la orientación. Y a pesar de que le hubiese bastado con caminar en línea recta —la ruta más segura para todo el que se ha perdido—, el haberse quedado sin referencias le confundió lo suficiente, para pensar únicamente en refugiarse del frío y de una posible lluvia.

Sintiéndose muy torpe para avanzar entre los matorrales de manzanita y la maleza, totalmente desorientado, terminó por tumbarse debajo de un gran madroño. Pronto se entregó a un sueño vacío, a una pesadilla agitada, cuyos efectos sólo se aprecian con el cansancio al despertar y con la ausencia de recuerdos.

Muchas horas más tarde, al incorporarse se encontró pronunciando un nombre, que pudo recibir de esos mensajeros celestes que flotan en el viento, cabalgan sobre las nubes o se detienen en las copas de los árboles, a la espera de un desconocido al que transmitirles algo cuyo significado ni ellos mismos conocen.

Halpin Frayser tenía muy poco de filósofo, ni entendía de ciencias de ningún tipo. Sin embargo, el hecho de haber salido de su boca un nombre que no guardaba en la memoria, no le provocó la suficiente curiosidad para analizar el fenómeno. Bastante tenía con encontrar una pista que le permitiese escapar de allí.

No tardó en llegar a una encrucijada de caminos, formada por uno grande y otro más pequeño. Los dos parecían no haber sido pisados por los cascos de un caballo desde hacía mucho tiempo. Es posible que nadie los recorriera porque llevaban a unos lugares malditos. Sin embargo, se decidió por tomar el más grande, como si le empujara una extraña necesidad.

Mientras caminaba empezó a pensar que le acechaban unos espíritus malignos, invisibles, pero cuya presencia le causaba una inquietud en aumento. Creía estar oyendo frases incoherentes, algunas de las cuales le llegaban nítidas, pero no las entendía al corresponder a una lengua extraña. Supuso que era una especie de conjura contra su cuerpo y su alma.

La noche hacia horas que le rodeaba, y los senderos del bosque se hallaban bañados por una luminosidad sobrenatural, que no provenía de la luna al estar el cielo cubierto, como había podido apreciar en alguno de los calveros. Otra de las anormalidades era que los árboles no proyectaban sombras dentro de aquella luz.

Retrocedió sobresaltado al descubrir el reflejo carmesí de un charco, acaso formado por las últimas lluvias. Se agachó para humedecerse las manos, ¡y debió retirarlas al momento luego de comprobar que aquel líquido era sangre! Entonces se dio cuenta de que la sangre le cercaba, porque sus salpicaduras estaban en las hojas de las plantas salvajes, en los troncos de los árboles, en las piedras, en todo el polvo seco...

Le embargó el más horrible espanto, y se dijo que estaba recibiendo el merecido castigo por su crimen, cuyo recuerdo había intentado borrar de la memoria. Esto incrementó su terror, porque las amenazas no podían ser más evidentes. Intentó pasar revista a su vida entera, con el fin de encontrar los momentos que le condujeron a su gran pecado: eran multitud las escenas que estaba obligado a repasar, amontonándose las unas sobre las otras, o atropellándose en una vorágine de emociones, sin que consiguiera localizar lo que realmente buscaba. Y este nuevo fracaso le dejó todavía más indefenso. Tuvo la idea de que había asesinado a alguien en medio de las tinieblas, desconociendo quién era y el motivo que le empujó a cometer el mayor de los delitos.

Se hallaba en una terrible situación, a merced de la misteriosa claridad y de la sangre, unido a las voces que no cesaban de llegar a sus oídos. Y su reacción fue aullar con toda la potencia de sus pulmones, queriendo romper el maleficio que le acosaba. Sólo se detuvo en el momento que se le rompió la voz en una serie de balbuceos, hasta que se quedó en silencio, agotado. Sin embargo, había dado comienzo su lucha, y no estaba dispuesto a rendirse, por eso dijo:

—Nadie me va a condenar sin haberme oído. Ojalá haya fuerzas benignas en este bosque infernal. Me dispongo a contar las ofensas y las persecuciones que he venido soportando. ¡Cuando nada más que soy un débil mortal, un inocente poeta sin más recursos que las palabras!

Extrajo del bolsillo una libreta de cuero rojo, la mitad de cuyas hojas le habían servido de memorándum. De repente se dio cuenta de que no tenía lápiz. Rompió una ramita de un arbusto, la hundió en el charco de sangre y comenzó a escribir rápidamente. Apenas había tocado el papel, cuando una salvaje carcajada reventó a una distancia incalculable, aumentando de intensidad a medida que se acercaba. Era un sonido sin alma, falto de alegría, similar al de un demente. Todo ello en la medianoche, junto a un lago. Una risa que terminó convirtiéndose en un aullido diabólico, que atronó en los oídos de Halpin Frayser. Luego se fue apagando en lentas graduaciones, dando idea de que la criatura que había emitido esos sonidos se hubiera alejado más allá de los confines de este mundo.

Sin embargo, Halpin Frayser entendió que el enemigo continuaba cerca, lo tenía a su lado. Una extraña sensación se apoderó de su cuerpo y de su mente, porque era un fenómeno de conciencia: nacido de un ser maligno, muy diferente a todas las criaturas invisibles que invadían esa zona del bosque. Luego de haber soltado la terrible carcajada, se aproximaba a él sin dejarse ver.

Por eso el hombre que estaba tan cerca de la muerte, si ya no era un cadáver, decidió que debía escribir con rapidez todo lo que recordaba, aunque sólo fuera para que quedase un testimonio allí, donde acaso lo pudieran leer las fuerzas bienhechoras del bosque. Pronto se dio cuenta de que no necesitaba mojar la ramita en la charca, porque de su punta salía la sangre que necesitaba para escribir en la libreta.

Sin embargo, en el momento que más animado se encontraba, su mano se negó a obedecerle, lo mismo que su voluntad perdió hasta el menor deseo de vivir. Se le aflojaron los brazos y la libreta cayó al suelo. Incapaz de incorporarse o de gritar, Halpin Frayser se encontró mirando al rostro severo, a los ojos llenos de muerte de su propia madre, que había aparecido ante él, blanca y silenciosa en su mortaja.

II

Halpin Frayser había pasado toda su niñez en la casa que sus padres tenían en Nashville (Tennesse). Eran una familia adinerada y ocupaban la más alta escala de la sociedad que había sobrevivido a los desastres de la Guerra Civil. Todos los hijos recibieron una esmerada educación, y frecuentaban los círculos más distinguidos de la ciudad. Exhibían unos nobles modales y una cultura bastante sólida.

Halpin era el menor, y siempre había tenido una salud muy quebradiza. Las gentes decían que estaba «deteriorado». Es posible que la causa de todo se debiera a los obsesivos cuidados de su madre y a la indiferencia de su padre. Sobre todo porque éste era un rico hacendado del Sur, más preocupado de la política que de su familia. Su Estado le absorbía toda la atención, lo que le llevaba a prestar poco cuidado a lo que sucedía en su hogar, al estar más atento a preparar los discursos fulminantes, que le atraerían los aplausos y los vítores de las gentes.

El joven Halpin se había convertido en un soñador indolente, con una afición a la literatura superior a la obligación de convertirse en un abogado. La teoría moderna de la herencia daba por cierto que el abuelo materno debía influir sobre Halpin, hasta obligarle a «rondar los cambiantes aspectos de la luna»: inspiración que convirtió al viejo en un poeta famoso. Era un dato a considerar que casi todos los Frayser poseían un lujoso ejemplar de las *Obras poéticas* de su antepasado (editadas por cuenta de la familia y retiradas del mercado luego de la décima edición); sin embargo, no parecían respetar la estirpe, al negarse a aceptar que apareciese un nuevo poeta.

Halpin se encontró rodeado de críticas, hasta que terminó por ser considerado la oveja negra, capaz de deshonrar a todos con sus aficiones. Y es que se veía en medio de una gente muy práctica, lo que suponía que llegaran al abuso. El objetivo de casi todos ellos era la política. Para hacer justicia al joven Halpin es necesario afirmar, que si bien en su persona se encontraban muchas de las cualidades de su antepasado, jamás se había decidido a escribir un verso. Claro que esta adormecida inclinación podía despertarse en un momento inesperado; mientras tanto, no dejaba de ser un inútil. Con quien mejor se entendía era con su madre, ya que ésta adoraba al difunto poeta, aunque nunca lo manifestaba en público para evitar los enfrentamientos con su familia.

Si la madre había echado a perder a Halpin en la infancia, éste se cuidó de perjudicar su destino en la juventud y, luego, en la madurez. Porque se decía que carecía de la virilidad suficiente para dedicarse a la política. En realidad siempre había encontrado el apoyo de la hermosísima Katy, su madre, a la que había llamado así desde que aprendió a hablar. Porque ambos poseían una naturaleza novelesca, que les arrastró a sentirse atraídos en todos los aspectos de su naturaleza humana, incluida la sexual. Se hallaban tan unidos, que cuando paseaban por la calle los desconocidos que los veían comentaban que eran dos enamorados en la fase más apasionada de su romance.

Una mañana Halpin Frayser pasó al tocador de su madre, la besó en la frente y, después, se entretuvo jugando con un rizo negro que no había sido controlado por las horquillas. Finalmente, se atrevió a preguntar simulando una tranquilidad que no sentía:

—¿Te preocuparás, Katy, si me marchó a California para estar allí unas semanas?

Ella no tuvo que abrir los labios para responder, porque la palidez de su rostro lo estaba haciendo. Le inquietaba la separación, por eso unas lágrimas brotaron de sus grandes ojos de color café.

—¡Hijo, he debido sospechar que planeabas ese viaje! —exclamó, mirándole con una gran ternura—. ¿Te he contado que anoche sufrí mucho por culpa de una pesadilla? Se me apareció tu bisabuelo Bayne, de pie ante su retrato de joven, cuando era tan guapo, y me señaló el tuyo, ése que está colgado en la pared. Y cuando miré hacia allí, no pude ver tu rostro porque alguien había echado encima un sudario. Sabes que tu padre se ha burlado de mí; sin embargo, tú y yo contamos con los sueños para escaparnos de la opresiva atmósfera que reina en esta casa... ¡Ah, te diré que debajo del sudario pude descubrir que había marcas de dedos en tu cuello! Perdona que te cuente estas cosas, pero nunca nos hemos ocultado nuestros temores... Es posible que tú des a mi sueño otro significado... No debes tomarlo como una advertencia para anular tu viaje a California. ¿Acaso significa que debo ir contigo?

Hemos de reconocer que esta ingeniosa interpretación del sueño, en base a una prueba descubierta recientemente, no fue apoyada por el espíritu más lógico del joven. Aun así se convenció de que la pesadilla anunciaba una tragedia, que iba a suceder aunque no marchase a las costas del Pacífico. Creyó que alguien le iba a estrangular en su tierra natal.

—¿Sabes si hay fuentes termales en California? —preguntó la señora Frayser, sin dar a su hijo tiempo para que respondiese—. Debe existir algún lugar donde la gente se cure del reumatismo y de las neuralgias. Observa mis dedos endurecidos, que tanto me hacen padecer cuando me acuesto en la cama.

Extendió las manos para dejarlas a merced del examen de Halpin. Pero éste se guardó el comentario «médico». Prefirió sonreír y, luego, elogió la belleza de los dedos, diciendo que no ofrecían el aspecto de haber sufrido dolor alguno.

El resultado fue que estas dos singulares personas debieron separarse: una marchó a California, y la otra se quedó en casa, para acompañar a un marido que ni siquiera le prestaba atención.

Halpin se convirtió en un marino durante su visita a San Francisco. Lo hizo mientras paseaba por el puerto. Su decisión fue repentina, fruto de una borrachera. Cuando se recuperó de la misma, pudo comprobar, desagradablemente, que había sido embarcado a la fuerza. Y al encontrarse en alta mar, no le quedó más remedio que trabajar como un miembro más de la tripulación, al convencerse de que sus protestas se las llevaban las olas. Llegó a un país lejano; y cuando regresaban, la embarcación naufragó ante una isla del Sur del Pacífico, donde los supervivientes debieron esperar unos seis años hasta que una goleta los devolvió a San Francisco.

Singularmente, Halpin continuó manteniendo el orgullo, aunque no guardara ni un centavo en los bolsillos. Tenía la sensación de haber estado ausente más de un siglo. Se negó a recibir la ayuda de extraños. Prefirió vivir junto a un compañero de viaje, en las proximidades de la ciudad de Santa Helena, donde esperaba recibir noticias de su familia y, a la vez, algún dinero. Precisamente, por esas fechas se le ocurrió salir de caza, para perder el rumbo y verse en el interior de un bosque maldito, donde terminó encontrando el cadáver de su madre...

III

Ante Halpin Frayser acababa de surgir un horrible espectro, que se parecía a su madre. Todo podía suceder en aquel bosque maldito, hasta que esa mujer fuese distinta a lo que representaba. El alucinado no sintió nada en su corazón, debido al agotamiento y a la serie de acontecimientos, a cual más aterrador, que habían venido acosándole. Ni siquiera percibió alguno de los viejos recuerdos, cuando él y Katy se amaban con una pasión que superaba lo familiar.

El miedo primaba sobre cualquier otra emoción. Halpin intentó dar la vuelta para huir, y fue a comprobar que sus pies se hallaban clavados en el suelo, a la vez que sus brazos seguían colgando inertes. Nada más que le quedaban fuerzas para mover los ojos, que seguían contemplando aquella figura sin alma. El ser más terrible de todos los que infestaban el lugar.

En la mirada vacía del espectro no había amor, ni piedad; tampoco un atisbo de inteligencia o una esperanza de misericordia. «Si pudiese hablar le suplicaría un poco de piedad», se dijo el hombre destruido, a la vez que se daba cuenta de que ya no le quedaban esperanzas.

Durante un tiempo inmensamente largo, donde el mundo envejeció más bajo el peso del pecado que del consumo de los minutos, la realidad fue desvaneciéndose de la mente de Halpin Frayser. Y compuso una expresión de bestia rendida, como si se entregara al sacrificio al haber agotado los últimos vestigios de un lejano deseo de vivir. Su espíritu se hallaba apresado por el hechizo de la derrota más absoluta.

Sin embargo, en un recuperado atisbo de lucidez, más que de locura, creyó que era la marioneta de un sueño, del que acaso pudiera despertar si conseguía vencer la influencia que ejercía sobre él aquel espectro tan parecido a su madre.

Y como un autómata fue recuperando parte de su voluntad defensiva. Pero ¿acaso existe en el mundo un mortal capacitado para enfrentarse a un monstruo engendrado por sus sueños? Su imaginación había sido doblegada en el mismo instante que dio forma a la enemiga. De esta manera surgió el combate entre quien deseaba vengar su muerte y quien se negaba a sucumbir definitivamente.

No obstante, el hombre alucinado no disponía de las suficientes energías. Y cuando unos dedos de hielo rodearon su cuello, ni siquiera pudo levantar las manos para defenderse. En el momento que se desplomó en la tierra sanguinolenta, lo último que pudo contemplar fue el rostro desencajado, cruel, de aquel espectro que tanto se parecía a su madre. Mientras se le escapaba la existencia, un lejano redoble de tambor, junto a una multitud de voces susurrantes, llegaron a sus oídos. Antes de que éstos reventaran, junto a sus pulmones, tuvo la certeza de que estaba pagando los años de ausencia... ¡porque nunca se puede abandonar a quien se ama!

IV

A una noche clara y tibia había seguido una mañana de niebla muy espesa. Durante el atardecer anterior se había visto una masa de vapor rodeando la ladera occidental del monte St. Helena. Alguien lo comparó con un fantasma gigantesco, que hubiera conseguido escalar las cumbres hasta conquistar todo el conjunto. Pronto esa masa gaseosa se transformó en una nube más clara, con la belleza de lo que merece la pena ser retenido al cobrar un inusitado tono azulado.

No obstante, de repente todo aquel gas adquirió una mayor consistencia, se hizo feo y oscuro. Y sin dejar de dominar toda la montaña, permitió que uno de sus extremos se alargara por encima de los valles cercanos hasta llegar al bosque, en un despliegue que cubrió el norte y el sur formando una especie de charcos de niebla, que se asemejaban a unas bestias descomunales absorbiendo lo que hallaban a su paso. Terminó por cubrir toda la zona con un denso manto plomizo, amenazador.

Todo esto pudo ser contemplado desde Calistoga, una ciudad que se alzaba en la entrada del valle y al pie de la montaña. Las gentes se asustaron proque nunca habían visto nada parecido. Y como a la mañana siguiente la niebla se tragó granjas enteras y a toda la ciudad de St. Helena, el pánico se generalizó al presentir que se estaba produciendo un castigo apocalíptico. Más tarde, el polvo cubrió todos los caminos, hasta que el agua de la lluvia vino a poner una tregua, a pesar de que al final la amenaza se transformó en una claridad espectral.

En vista de que no parecía llegar la tormenta que se temía, dos hombres abandonaron la ciudad de St. Helena al amanecer. Decidieron caminar por el sendero del norte, el que conducía a Calistoga. Cada uno llevaba su escopeta en el hombro; sin embargo, tenían poco de cazadores de pájaros o de conejos. Eran el subcomisario de Napa y un detective de San Francisco, que se llamaban Holker y Jaralson. Marchaban detrás de un asesino.

—¿Falta mucho? —preguntó Holker, mirando la pequeña nube de polvo que levantaban sus botas.

—Media milla. Llegaremos a la iglesia blanca, que es un edificio gris, cuyo último servicio fue hacer de escuela. Ahora está abandonada. Años atrás fue blanca, cuando allí se celebraban los oficios religiosos. Lo más extraordinario es su cementerio, porque contiene unas lápidas que harían las delicias de un poeta. ¿Ha comprendo por qué le mandé llamar diciéndole que viniese bien armado?

—Vaya, no acostumbro a hacer preguntas a quien me ayuda. Siempre espero que me cuente lo imprescindible. Pero ya que me pide un esfuerzo mental, supongo que me necesita para recoger uno de los cadáveres que se encuentran en ese cementerio.

—¿Ha oído usted hablar de Brascom? —preguntó Jaralson, sin mostrarse muy animado.

—¿Se refiere al tipejo que degolló a su mujer? ¡Cómo para olvidarlo! Perdí más de una semana intentando apresarle. La recompensa era de quinientos dólares; pero los que íbamos tras sus pasos fracasamos. No irá a decir usted que...

—Claro que sí. Le tuvieron cerca en todo momento. Ahora suele acudir a ese cementerio de la iglesia blanca.

—¡Diablos... Si allí está enterrada su mujer!

—Creo que ustedes debieron pensar que un día u otro iría a ese lugar.

—La posibilidad era tan fácil que la desechamos.

—Eso les ha obligado a seguir el rastro por sitios inverosímiles. Cuando me enteré de que ustedes habían fracasado, me aposté entre las tumbas.

—¿Y le descubrió?

—¡Maldita sea mi estampa! Fue él quien me descubrió a mí. Antes de que pudiera reaccionar, se me echó encima, hasta reducirme. Luego me obligó a andar marcándole el camino. Sólo conseguí salvarme gracias a la ayuda de Dios. ¡Pero ese canalla es una bestia! Estoy dispuesto a repartir la recompensa con usted.

Holker se echó a reír y, luego, dijo que el dinero le vendría bien para tranquilizar a algunos de sus acreedores.

—Sólo pretendo mostrarle el terreno para que me ayude a organizar el plan de actuación —dijo el subcomisario—. Por eso le recomendé que viniéramos armados, aunque sea de día.

—Ese tipo debe estar loco —añadió el detective—. La recompensa se paga por su captura y su condena: pero si el juez le considera loco, no habrá condena.

A Holker le impresionaba este posible fracaso, por lo que se detuvo en la mitad del camino. Luego prosiguió la marcha con menos entusiasmo.

—Bueno, acaso tenga la cabeza en su sitio —expuso Jaralson—. Debo admitir que nunca me he tropezado con un canalla tan barbudo, despeinado y sucio. El más repugnante de los vagabundos parecería un caballero relamido frente a un sujeto de esa calaña. Estoy dispuesto a cazarle, y no pienso abandonar. Triunfaremos, porque sólo nosotros conocemos que se encuentra en esta zona de las Montañas de la Luna.

—De acuerdo —aceptó Holker—. Examinaremos el terreno «donde muy pronto yaceremos todos»... Por otra parte, el otro día me dijeron que Brasom tiene otro nombre.

—¿Lo conoce usted?

—Me lo dijeron, pero ahora no lo recuerdo. Como perdí todo el interés por ese canalla, presté poca atención a las palabras de mi informador... ¡Vaya, ahora me viene a la memoria! Creo que se apellida Pardee. La mujer a la que degolló era una viuda que acababa de ir a California en busca de un pariente... Hay personas que se preocupan por su familia, como usted ya sabe.

—Claro que sí.

—He entendido que usted no conocía el verdadero nombre del asesino. Entonces, ¿cómo pudo localizar la tumba de su mujer? Mi informador me contó que el tipo llamado Pardee había puesto en la lápida el nombre de su esposa.

—Desconozco donde se encuentra esa lápida —admitió Jaralson, contrariado—. Vigilé el cementerio en su conjunto. Parte de nuestro trabajo será buscar la tumba. ¡Ahí tenemos la iglesia blanca!

El sendero que habían recorrido se hallaba bordeado por campos de cultivo; pero, en aquel momento, caminaban entre un bosquecillo de encinas, madroños y pinos gigantescos. Bajo los troncos quedaban unos restos de neblina. En algunas zonas el sotobosque resultaba bastante espeso, aunque permitía el paso. Durante unos minutos, Holker perdió la visión del edificio; sin embargo, lo pudo contemplar al superar un recodo. Era enorme y gris. Unos pasos más y lo tuvieron al lado, muy oscuro en sus contornos, goteando humedad y poco hospitalario. Había sido la típica escuela rural, aunque poco quedaba de ella. Más bien parecía un cajón rectangular, con un basamento de piedra, un techo recubierto de musgo e infinidad de ventanas rotas. Suponía un «monumento del reciente pasado», pero que pocos turistas desearían contemplar. Por eso Jaralson le prestó escasa atención, ya que le interesaba más superar la mojada maleza.

—Voy a mostrarle el lugar donde esa bestia humana me atacó —dijo el subcomisario—. Ahí tiene el cementerio.

El recinto no era muy grande y las tumbas estaban bastante esparcidas. Todas ellas se reconocían por las tablas podridas de las cruces y de las pequeñas cercas. Daba la sensación de que allí no llegaban visitas, porque los muertos habían dejado de interesar a los vivos que los mandaron enterrar. Hasta los senderos estaban borrados por la tierra y las hojas secas, a la vez que enormes árboles habían levantado la tierra, en muchos lugares, con sus poderosas raíces. La atmósfera de abandono era general, por lo tanto resultaba desoladora en aquella aldea de difuntos.

Cuando los dos cazadores de hombres se abrían paso entre los arbustos, debieron inmovilizarse el escuchar un ruido extraño. Jaralson levantó el rifle a la altura del pecho, a la vez que susurraba una voz de alerta. Los dos se agacharon en silencio. Poco más tarde, avanzaron sigilosamente.

Tardaron muy poco en descubrir un cadáver. Se pusieron de pie y comenzaron el examen, para estudiar el rostro, la postura del cuerpo y las ropas. Estaba tendido de espaldas, con las piernas muy abiertas y uno de los brazos parecía señalar al exterior del cementerio. Sus puños estaban cerrados con fuerza, aunque uno de ellos se encontraba cerca de la garganta. Aquello revelaba una lucha desesperada por defender la vida... ¿Ante quién?

Junto al muerto había un rifle y una red de caza, en cuyas mallas había algunas plumas de palomas. Bajo las piernas aparecían rastros en el suelo de un combate frenético: trozos de encinas venenosas, ramas desgajadas, pedazos de corteza, montones de hojas secas o podridas y un suelo húmedo, en el que se marcaban las huellas de otros pies. El pecho y las rodillas del cadáver delataban, más que ninguna otra parte del cuerpo, la lucha por conservar la vida. Pero era en el cuello y en el rostro donde estaban las pruebas de su derrota: ofrecían una coloración púrpura, casi negruzca, cuando el pecho y las manos eran blancos; de la boca abierta, llena de espuma, colgaba la lengua negra e hinchada; y la garganta presentaba grandes contusiones, que habían sido causadas por los dedos que provocaron la estrangulación, luego de presionar la carne viva. El pelo y el bigote estaban cubiertos por unas gotas de agua condensadas por la niebla.

Todo lo anterior lo observaron los dos hombres en silencio. Luego Holker se rascó la nuca, escupió a pesar de no tener saliva y exclamó:

—¡Pobre diablo, ha sufrido la peor de las muertes!

Jaralson estaba vigilando el bosque con mucha atención, manteniendo el rifle amartillado con las dos manos, y habiendo dejado un dedo en el gatillo.

—Es la obra de un loco —comentó, sin volver la cabeza—. La obra de Brascom... o Pardee.

De pronto, Holker se sintió atraído por un objeto semiescondido entre las hojas secas. Se agachó para recogerlo. Era una libreta de cuero rojo. La abrió, y pudo ver que contenía muchas hojas en blanco destinadas a tomar notas. En la primera leyó. «Halpin Frayser». Las páginas siguientes estaban escritas con unas letras rojas algo borrosas. Formaban versos que no dudó en leer en voz alta:

Dominado por algún hechizo, me retiene
la espesa niebla de un bosque encantado.
Aquí el mirlo y el ciprés mezclan sus ramas
simbólicas en fúnebre hermandad.
El sauce melancólico murmura secretos al tejo;
abajo, la mortal sombra nocturna y el pesar,
con siemprevivas, entrelazadas en extrañas
y mortecinas formas, y horribles ortigas creciendo.
No hay canto de pájaros ni zumbido de abejas,
ni la brisa mece la más débil hoja.
El aire se halla estancado y el silencio es
una criatura viva que respira entre los árboles.
Conjurados espíritus susurran en las tinieblas
secretos de las tumbas que yo apenas comprendo.
Gotean sangre los árboles, y en la luz embrujada
brillan las hojas con esplendor purpúreo.
¡Grito! Pero el quieto, inviolado sortilegio
sojuzgado mantiene mi alma y mi voluntad.
¡Herido, tembloroso, desanimado, indefenso,
lucho contra monstruosos presagios de maldad!
Y al fin, en las tinieblas...

Holker se quedó callado, porque no había nada más que leer. El manuscrito quedaba interrumpido en el comienzo de un verso.

—Parece haber sido escrito por Bayne —comentó Jaralson, que era un hombre culto. Había dejado su vigilancia para mirar hacia los ojos abiertos del cadáver.

—¿Quién es Bayne? —preguntó Holker sin mucho interés.

—Su nombre completo era Myron Bayne. Vivió en los primeros años de nuestro país, hace más de un siglo. Escribió versos muy lúgubres. Yo tengo sus obras completas; pero ese poema no aparece en ellas, acaso por un olvido de quien las recopiló.

—Hace frió —advirtió Holker—. Debemos irnos para informar al sheriff de Napa.

Jaralson no habló, al preferir seguir a su compañero. Avanzó por detrás del pequeño montículo de arena, sobre el que se encontraba el muerto. De pronto, tropezó con una losa caída, se sostuvo de pie al apoyarse en un árbol y, luego, examinó la inscripción que había en el mármol. Eran sólo dos palabras: «Catherine Larue».

—¡Larue! —exclamó Holker, muy animado—. ¡Pero si ese el verdadero apellido de Brascom. Larue, no Pardee! ¡También recuerdo que el nombre de la mujer asesinada era Katy Frayser!

—En toda esta historia hay un siniestro misterio provocado por un odio sobrenatural.

Entonces, desde el fondo de la misma niebla, brotó una risa sofocada, inhumana. Un sonido carente de alegría, como el de una hiena que rondase por el desierto. Formada por unas carcajadas que adquirieron un mayor volumen, se hicieron más terribles, hasta que parecieron llegar de los árboles más cercanos. Toda una amenaza que llenó de terror a los dos cazadores de hombres.

Ninguno de ellos movió sus armas, al comprender que era inútil utilizarlas frente a ese tipo de enemigo. Muy pronto, lo mismo que había surgido del silencio, la risa se fue apagando, hasta convertirse en un grito escalofriante, que se atenuó lentamente, cada vez más lejos, hasta que sus últimas notas, siempre carentes de vida, se extinguieron en la nada absoluta, a una distancia infinita.

El corazón delator

Edgar Allan Poe

Edgar Allan Poe nació en la ciudad de Boston en 1809. Inquieto estudiante, pasó por varias instituciones civiles y religiosas de su país y de Gran Bretaña, donde adquirió una gran cultura. Apasionado por la vida, no le importó entregarse a grandes excesos, que le llevaron a romper con su familia. Sus inicios literarios fueron en la prensa y escribiendo poemas. Luego de una existencia azarosa, se entregó a la bebida y a las drogas. En los momentos de lucidez comenzó a escribir alguna de sus mejores obras. En 1838, publicó Las Aventuras de Arturo Gordon Pym *y siete años más tarde la poesía lírica* El cuervo, *con la que obtuvo un éxito clamoroso. Seguidamente, la bebida y los fracasos sentimentales le hundieron en la miseria, lo que no le impidió escribir nuevas grandes obras.*

Puede afirmarse que fueron los jóvenes literatos franceses los que descubrieron a Poe, al que levantaron un pedestal; mientras tanto, en Estados Unidos e Inglaterra se le consideraba un escritor vulgar. El paso del tiempo haría justicia a este genio, padre del terror literario, lo mismo que de la novela policíaca actual. Un ser privilegiado que supo plasmar la psicología del criminal, a veces recorriendo a la inversa el deambular de una mente homicida, mucho antes de que Freud y sus seguidores realizaran los grandes descubrimientos sobre el comportamiento humano. Un ejemplo de todo esto lo encontramos, mejor que en ningún otro relato, en El corazón delator. *Poe murió en Baltimore en 1849.*

¡Lo reconozco! Nunca he dejado de ser muy nervioso, demasiado, acaso exageradamente nervioso. Sin embargo, ¿cómo es que alguien se atreve a decir que me he vuelto loco? Es verdad que diferentes enfermedades han incrementado mis sentidos, cuando parecía que iban a ser destrozados o aturdidos. Antes mis oídos eran los más agudos que se conocían. Escuchaban todo lo que producía ruido a mí alrededor, ya fuera en la tierra o en el cielo y sin importar lo distante que pudiera encontrarse. Hasta algunas cosas me llegaban desde el mismo infierno. Entonces, ¿cómo es posible que alguien se atreva a considerarme loco? Deben oírme... Comprueben con que lucidez expongo mis razonamientos, la serenidad que se manifiesta en cada una de las palabras que van a componer mi relato.

Ahora me resulta difícil situar en qué momento aquella idea se afincó en mi mente por vez primera; sin embargo, una vez la acepté en toda su dimensión, estuvo persiguiéndome a cualquier hora del día y de la noche. Llegó a resultar tan absorbente que me olvidé de cualquier otro objetivo. No puedo decir que me sintiera furioso. Siempre había querido bastante al viejo. Jamás me causó ningún daño, ni se atrevió a ofenderme. El hecho de que fuese rico me traía sin cuidado. Creo que todo empezó cuando caí en la cuenta de la singularidad de sus ojos. ¡Claro que fue esto! Los tenía muy parecidos a los de un buitre... Eran de un tono celeste y estaban cubiertos por una telilla delgada. Cuando se fijaban en mí se me paralizaban los músculos. De esta manera, de una forma gradual y con lentitud, tomé la decisión de quitar la vida al viejo, con la única intención de librarme de aquella mirada definitivamente.

Desde este momento deben permanecer muy atentos. Es posible que ustedes sigan considerándome un loco. Pero quienes pierden el juicio poco saben de las cosas. Algo que no me ocurría a mí... ¡Debieron verme en aquellos tiempos! ¡Se habrían sorprendido de la habilidad de mi comportamiento! ¡Las precauciones que adopté, el cálculo de mis actos... y la astucia con que operé! Nunca le había prestado al viejo tanta atención como en esos días anteriores a su muerte. Cada una de las noches, alrededor de las doce, me cuidaba de accionar el picaporte de la puerta para abrirla... ¡Oh, con que delicadeza lo realizaba! En el momento que la abertura me parecía suficiente para introducir la cabeza, encendía una linterna sorda, la colocaba a una altura que su resplandor no pudiera ser visto desde fuera y, poco a poco, me deslizaba en el interior. ¡Seguramente que todos ustedes se hubieran burlado de mis movimientos! Procuraba realizarlos pausadamente, sin ninguna prisa, porque me importaba muchísimo no despertar al viejo. No me preocupaba tardar más de una hora en atravesar la abertura de la puerta, sin dejar de verle echado en la cama. ¿Algún loco hubiese adoptado tantas precauciones como yo? En el momento que me había metido completamente en el dormitorio, dejaba libre la linterna sigilosamente... ¡tan sigilosamente! Claro que lo hacía con el mayor cuidado, porque era la única manera de que no chirriasen las bisagras... Lo que me importaba era que un solo haz de luz cayera sobre los ojos de buitre, especialmente el derecho que era el que más se asemejaba a ese pajarraco tan repugnante. Una labor que realicé a lo largo de siete noches interminables... Siempre a la misma hora, a las doce... Sin embargo, en cada una de las experiencias me fui a tropezar con que ese ojo se encontraba cerrado, lo que me impedía culminar mi tarea, debido a que no era la totalidad del viejo lo que me encolerizaba, sino ese ojo derecho, todo un maleficio. Al llegar la mañana, nada más dar comienzo un nuevo día, llegaba al dormitorio, sin dar muestras de temor, y procuraba hablarle decididamente, utilizando su nombre con un tono amigable, y hasta le preguntaba si había pasado una buena noche. Como apreciarán ustedes el viejo habría tenido que ser muy sagaz para adivinar el acecho al que yo venía sometiéndole, precisamente a las doce, cuando yo iba a comprobar su forma de dormir, en busca de ese ojo que esperaba encontrar abierto alguna vez.

Precisamente en la octava noche me cuidé de actuar con un sigilo más extremado, especialmente al comenzar a abrir la puerta. El minutero de un reloj se movía con mayor velocidad que mi mano en aquellos instantes. En ningún momento, anteriormente, había podido captar *el sentido tan preciso* de mis habilidades, de mi intuición. Casi fui incapaz de frenar la sensación de victoria. ¡Imaginar que me encontrase allí, abriendo lentamente la puerta, y que el viejo podía soñar con mis secretos deseos o cálculos mentales! No pude contener una risa sorda, sujeta entre los dientes. Es posible que me escuchara, ya que advertí que se movía, de repente, en el lecho, igual que si algo le hubiera sobresaltado. Ustedes supondrán que entonces procuré retroceder...; pero no lo hice. La habitación se hallaba tan a oscuras como el fondo de un recipiente cubierto de pez, debido a que el viejo se cuidaba de cerrar completamente las persianas antes de meterse entre las sábanas, debido a que le tenía mucho miedo a los ladrones. Por eso yo alimentaba la seguridad de que no podía ver la abertura de la puerta, y continué empujándola lentamente, muy lentamente.

Acababa de introducir la cabeza y estaba dispuesto a encender la linterna, en el momento que mi pulgar se deslizó involuntariamente sobre el cierre metálico. En ese instante el viejo se incorporó en la cama, voceando:

—¿Quién anda ahí?

Procuré quedarme quieto, mudo. Sé que durante la hora siguiente no moví ni uno solo de mis músculos, y en cada uno de estos minutos no escuché que se hubiera vuelto a tumbar en la cama. Supe que el viejo esperaba, como si presintiera la gran amenaza a pesar de que no contase ni con una sola prueba que le permitiera considerarla auténtica... En realidad actuaba como yo en las noches anteriores, a la vez que oía en la pared los taladros cuyo eco no suponía el presagio de la muerte.

Escuche de repente un tenue gemido, y comprendí que era producido por el terror. Carecía de un sentido de angustia o de dolor... ¡Oh, no! Pude identificarlo como ese sonido ahogado que brota del interior del alma cuando el miedo la oprime. Yo conocía muy bien ese sonido. Las noches anteriores, precisamente a las doce, cuando todo el mundo dormía, lo notaba surgir de mi pecho, cavando con su lúgubre eco en los miedos que me obsesionaban. Repito que me era conocido. Entendí lo que estaba sufriendo el viejo, y tuve pena de él, aunque no dejaba de reírme en el fondo de mi mente. Supe que había permanecido despierto desde el ruido inicial, nada más que comenzó a agitarse en la cama. Seguro que intentó convencerse de que el ruido no significaba ningún peligro, pero fue incapaz de estar seguro. Se decía: «Es el viento pasando por la chimenea... o un grillo que ha chirriado sus alas una sola ocasión». Seguro que había intentado darse ánimo con esos pensamientos, en un esfuerzo inútil. *Todo resultaba inútil*, debido a que la Muerte se estaba acercando a él, moviéndose sigilosamente, para terminar por envolverle. Y la fúnebre presión de aquella negrura imperceptible era lo que le impulsaba a notar —a pesar de no poder verla ni escucharla—, a *percibir* la cercanía de mi cabeza en el interior de su dormitorio.

Luego de haber aguardado durante bastante tiempo, haciendo gala de la mayor paciencia, sin escuchar que hubiera vuelto a tumbarse tomé la decisión de abrir una minúscula ranura, la menor posible, con la linterna. De esta manera actué —nunca podrían saber ustedes con el sigilo que lo hice—, hasta conseguir que un haz delgado de luz, similar al filamento de una tela de araña, saliese de la abertura para caer de lleno encima del ojo de buitre.

Se hallaba abierto, ¡abierto por completo! Esto me encolerizó más y más, a la vez que no dejaba de contemplarlo. Pude observarlo con la mayor claridad, con ese azul mortecino y con aquella horrible telilla que me helaba la sangre. Pero me era imposible ver el resto de la cara y mucho menos el cuerpo del viejo, debido a que, impulsado por mis instintos, había llevado el haz de luz precisamente sobre el punto que tanto me asqueaba.

¿No es cierto que les he explicado que todo lo que se considera erróneamente como una muestra de locura sólo es un prodigioso desarrollo de los sentidos? Por eso, en aquel preciso instante capté con mis oídos el resonar casi sordo y acelerado, similar al que podría emitir un reloj que hubiera sido envuelto en algodón. Pues este sonido también me resultó conocido. Porque eran los característicos latidos del corazón del viejo. Esto incrementó mi cólera, lo mismo que el redoble de los tambores estimulan el valor de los soldados en el frente de batalla.

Sin embargo, incluso en ese momento, pude contenerme y seguir en silencio. Casi sin respiración. Me limitaba a mantener la linterna alzada, sin que se moviera, para que continuamente estuviera cayendo sobre el ojo de buitre. Mientras tanto, los diabólicos latidos del corazón se iban elevando. Cada vez adquirían una mayor rapidez, se hacían más fuertes, segundo a segundo. El pánico del viejo debía haber llegado a unos niveles mortales. ¡Por momentos más terrible! ¿Lo comprenden ustedes con toda precisión? Ya les he advertido que soy una persona nerviosa. Claro que lo soy. Y en aquellos momentos, en el corazón de la medianoche, sumido en el silencio de la vieja mansión, un sonido tan singular como aquél me transmitió un terror incontrolable. No obstante, logré frenarme unos minutos más, sin dejar de estar quieto. ¡Pero los latidos aumentaban su intensidad, cada vez más y más! Llegó un momento que aquel corazón me pareció que estaba a punto de reventar. Y una desconocida ansiedad se adueñó de mi mente... ¿Qué sucedería si algún vecino terminaba por escuchar lo mismo que yo? ¡La hora final del viejo estaba sonando! Soltando un rugido de cólera, no me importó abrir del todo la linterna, para entrar en la habitación con la mayor celeridad. Mi víctima gritó una sola vez... nada más. Sólo necesité un segundo para tirarle al suelo y cubrirle con el pesado colchón. Sonreí feliz al darme cuenta de lo sencillo que había resultado el asalto. Sin embargo, durante algunos minutos, el corazón continuó produciendo los latidos con unos sonidos ahogados. Era absurdo que esto me preocupase, ya que era imposible que alguien pudiera escucharle a través de las paredes. Terminaron, por fin, los latidos. El viejo acababa de morir. Retiré el colchón y eché un vistazo al cuerpo. Claro que sí, allí sólo había un cadáver, únicamente un cadáver. Puse mi mano derecha a la altura de su corazón y la dejé el tiempo suficiente. No percibí ni el más mínimo latido. El viejo estaba muerto del todo. Su ojo de buitre no volvería a molestarme.

En el caso de que ustedes siguieran considerándome un loco, van a cambiar de parecer en el momento que les confíe todas las precauciones que tomé al ocultar el cuerpo del viejo. La noche había avanzado muy deprisa, al mismo tiempo que yo realizaba mi trabajo de enterrador con la mayor celeridad, sin originar el menor ruido. Sobre todo me cuidé de descuartizar el cadáver, cortando su cabeza, sus brazos, sus piernas...

Finalmente, levanté tres planchas del suelo del dormitorio, para ocultar los pedazos bajo ese hueco. Volví a clavar los tablones con tanta maña que ni el ojo del más experto carpintero hubiese advertido la menor alteración, también habría engañado al ojo de buitre del viejo. Por fortuna no tuve que lavar nada, como tampoco había manchas de sangre. Soy una persona muy precavida, por eso todo el descuartizamiento lo realicé en el interior de una gran cuba... ¡Ja, ja, ja!

En el momento que di por finalizado el trabajo eran las cuatro de la madrugada; pero la noche seguía siendo tan oscura como a las doce. Precisamente en el instante que estaban sonando las campanadas de la hora, alguien golpeó en la puerta de la calle. Me decidí a abrir con la mayor calma, ya que ¿había algo que temer en esos instantes?

Me encontré frente a tres caballeros, los cuales se presentaron muy educadamente como oficiales de la policía. Me contaron que aquella misma noche un vecino había escuchado un alarido, por lo que se temía que se hubiera producido algún atentado. Nada más recibir esta noticia en la comisaría, habían enviado a los agentes para que examinaran la casa.

Formé una sonrisa, ya que... ¿Qué podía asustarme? Recibí a los oficiales con la mayor cortesía, les confié que yo había lanzado ese alarido al ser preso de una pesadilla, de la que desperté sobresaltado. Luego les comuniqué que el viejo había abandonado la ciudad para ir a pasar unos días en el campo. Los conduje por la casa, sin dejar de pedirles que lo examinaran todo a conciencia, con el fin de que no les quedara ninguna duda de que allí no había sucedido nada anormal. Por último, terminé llevándoles al dormitorio del muerto. Me cuidé de enseñarles el cajón donde guardaba el dinero, que era el mismo que rezaba en los balances y, además, estaba colocado en los cajones de acuerdo al valor de cada billete o moneda. Dentro de la seguridad que me dominaba, puse unas sillas junto a la cama y les dije que se sentaran, porque les veía algo cansados. Y no me importó situar mi asiento encima de los tablones, bajo los cuales se encontraban los pedazos del cadáver.

Los agentes de policía estaban muy tranquilos. Creo que mi forma de actuar les había convencido de mi inocencia. Debo reconocer que me sentía muy sereno. Sentados hablaron de cosas de la ciudad y del tiempo, en una charla que me animó a participar. Sin embargo, pasados unos momentos, comencé a sentir que algo me intranquilizaba. Fui poniéndome pálido y deseé que se largaran de allí; pero no me atrevía a decírselo. Cada vez me dolía más la cabeza y un zumbido se estaba introduciendo en mis oídos, a la vez que aquellos intrusos no dejaban de hablar como si yo no estuviera delante. El sonido adquirió una mayor intensidad. No dejaba de resonar con un martilleo insufrible, elevando su tono. Procuré hablar en voz muy alta con el propósito de superar esa sensación; sin embargo, no conseguí mi propósito...

No hay duda de que mi rostro había adquirido un tono cadavérico, porque continuaba escuchando el singular sonido. Levanté aún más la voz. Sin dejar de oírlo... ¿Qué podía hacer? Era como una sorda resonancia acelerada..., *algo similar a lo que podría originar un reloj que hubiera sido envuelto en algodón*... Comencé a jadear, sin poder recobrar el aliento. Miré hacia delante, y tuve la certeza de que los policías no habían escuchado nada. Procuré hablar todavía más alto y rápido, hasta volverme vehemente, sin poder evitar que ese sonido continuara elevándose progresivamente. Tuve que incorporarme y me puse a razonar sobre minudencias casi a gritos, procurando gesticular violentamente... ¡Sin que esa resonancia se acallara!... ¿Qué les retenía en mi casa? Anduve de un extremo a otro de la habitación, dando zancadas, dando idea de que las palabras de aquellos extraños me encolerizaban; pero el sonido había llegado a niveles ensordecedores... ¡Oh, Dios mío! ¿Qué podía hacer para que aquel martirio terminará? Solté espumarajos de furia..., me entregué a maldecidir..., a jurar... Sin dejar de balancearme en la silla en la que me había vuelto a sentar, raspé con sus patas las maderas del piso, sin el que ese sonido continuara sobrepasando todos los demás... ¡En un crecimiento interminable...! ¡Cada vez más alto, más alto... *sin cesar de aumentar!* Mientras tanto, los policías no dejaban de hablar entre ellos, tranquilamente y haciendo bromas... ¿Era posible que no escucharan lo mismo que yo? ¡Santo Cielo! ¡Era imposible! ¡Lo estaban escuchando y disimulaban! Lo habían *descubierto*... y se estaban riendo de mi pánico! ¡En efecto, así lo supe, y lo sigo creyendo hoy! ¡Por eso me dije que cualquier cosa era preferible a aquella agonía! ¡No podía seguir padeciendo aquella humillación! ¡Era incapaz de sufrir ni un segundo más sus sonrisas falsas! ¡Me dije que debía chillar o morir, y entonces... de nuevo... oí... con mayor fuerza..., con toda la intensidad..., *atronadoramente!*

—¡Dejen ya de representar su papel, miserables —vociferé—. ¡Reconozco que maté al viejo! ¡Pueden verlo con sus ojos si desclavan estos tablones! ¡Ahí... Sí, ahí mismo... Donde no deja de latir ese terrible corazón...!

La muerte enamorada

Théophile Gautier

El poeta francés Théophile Gautier nació en Tarbes en 1811. Cuando llegó a París su idea era estudiar pintura; sin embargo, al comprobar la aceptación que tenían sus versos, se dedicó a la literatura romántica. Los críticos estiman que evolucionó en su estilo hasta convertirse en uno de los parnasianos. En el prefacio de su novela Mademoiselle de Maupin (1835) ofreció su primera proclama del «arte por el arte». Con los versos que aparecieron en Émanux et camées (1852) demostró su culto por las formas. Como los jóvenes literatos parisinos le consideraron un maestro, Baudelaire le dedicó sus Flores del mal.

Gautier fue también un gran escritor en prosa. Una de sus mejores novelas es Le capitaine Fracasse, *que obtuvo un gran éxito de crítica y de público. Además, se dedicó al teatro, al ballet y al relato corto. Uno de sus grandes títulos es* La muerte enamorada, *donde hizo gala de un romanticismo fatalista, cargado de un barroquismo fascinante y de una sensualidad que envidiarían muchos autores eróticos actuales. Los personajes que no presenta adquieren tanta fuerza, que convierten el relato en toda una obra maestra del género. Gautier falleció en 1872 cuando se encontraba en Siene.*

Queréis saber, hermano, si he amado alguna vez. La mía es una experiencia muy especial y horrible y, a pesar de haber alcanzado la edad de sesenta y seis años, siento pudor a la hora de levantar el velo de mis recuerdos. Nunca me he atrevido a ocultaros mis historias; sin embargo, debéis comprender que a nadie le confiaría algo como esto de saber que no es una persona experimentada. Dado que el asunto resulta tan asombroso que me cuesta a mí mismo aceptar que sucedió alguna vez. Me convertí a lo largo de tres años en la marioneta de una fantasía extraña y demoníaca. Tened presente que yo, un humilde cura de pueblo, me he acostado muchas noches con la carga en mis sueños (ojalá que Dios pudiera conseguir que sólo fuera un sueño) de un reo, propia de una existencia entregada al mundo y de Sardanápalo.

La simple contemplación excesivamente satisfecha de una mujer es posible que llevase a la condenación a mi alma; pero, al contar con el apoyo de Jesús y mi santo patrón, al fin conseguí expulsar a la perversa obsesión que me dominaba. Mis actividades normales se habían visto alteradas con la utilización de la noche para realizar cosas muy distintas a mi obligación. A lo largo del día, yo me comportaba como un simple sacerdote, puro, entregado al rezo y a las tareas de mi parroquia. Durante la noche, nada más que llegaban los sueños, me transformaba en un joven y apuesto galán, conocedor de las mujeres, caballos y hasta perros, campeón del juego de dados, bebedor y con una palabrería grosera.

Y al amanecer, nada más que abandonaba el lecho, tenía la sensación que era entonces cuando estaba dormido, por lo que mi sueño era la tarea que me tocaba representar como sacerdote. Todavía conservo recuerdos de cosas y frases de mi existencia sonámbula, de las que me resulta imposible eludir su responsabilidad. Pese a que en ningún momento he abandonado mi iglesia, algunos de quienes me escuchen seguro que tienen la impresión de que he recorrido medio mundo, hasta quedar desengañado de las aventuras que se me permitió disfrutar o sufrir y por eso me dediqué a la religión como una especie de desengaño, cuando en realidad soy un sencillo seminarista que ha pasado toda su vida en una humilde casa parroquial, en el corazón del bosque y sin mantener trato alguno con las cosas de la actualidad.

En efecto, he llegado a amar como nadie lo haya podido hacer en este planeta, entregado a una pasión irracional y violenta, tanto que me extraña no haber perdido hasta el corazón en uno de mis arrebatos. ¡Ah, qué noches las mías! ¡Tan inolvidables!

Creo que la vocación de sacerdote me llegó en los primeros años de la infancia, por eso encaminé todos mis estudios y mi vida en esta dirección. Cuando cumplí los veinticuatro años puede decirse que me había sometido voluntariamente a un continuo noviciado. Nada más que finalicé las asignaturas de teología, fui recorriendo todas las órdenes menores, hasta que mis superiores consideraron que me hallaba preparado, sin tener en cuenta mi juventud, para recibir el grado definitivo y el más horrible. Recuerdo que en la semana de Pascua iba a ser ordenado.

Como entenderéis nunca había pisado el mundo real, porque para mí sólo existían las paredes del colegio y del seminario. Tenía una idea vaga de que en el exterior había unos seres humanos llamados mujeres; sin embargo, casi nunca me había detenido a pensar en ellas, al no considerarlas necesarias para mi formación. Puedo aseguraros que mi pureza carecía de máculas. Nada más que había visto dos veces al año a mi madre, ya una respetable anciana enferma; y éste era el único contacto mantenido con el exterior.

Nunca había sentido que me faltase algo, y la firmeza en mi entrega a un solo objetivo era total, inquebrantable. Me invadía el entusiasmo y la intranquilidad, porque no creo que haya existido novia alguna que esperase con tanta ansiedad el momento de cantar misa. Me costaba conciliar el sueño... ¡Convertirme en sacerdote! Suponía el trofeo más excelso para mí, superior a la coronación de un rey y a los laureles que se puedan otorgar a un poeta.

He destacado todo lo anterior para convenceros de que mis siguientes pasos nunca debieron ocurrir, debido a que me vi esclavizado por una fascinación que me sorprendió estando completamente indefenso.

El día más importante de mi vida yo caminaba hacia la iglesia con paso tan rápido que tenía la impresión de estar flotando en el aire, o disponer de alas. Algo había en mí de ángel, por eso no podía entender el rostro grave y hasta triste de los compañeros que marchaban a mi lado. Toda la noche anterior la pasamos entregados a la oración, lo que me había dejado a mí en una especie de éxtasis. Al ver al obispo, un anciano respetable, creí hallarme ante el mismo Dios Padre.

Cuando me incliné ante él, fui capaz de contemplar el cielo en las bóvedas de la iglesia.

Ya conocéis todo el ceremonial: la bendición de los futuros sacerdotes, la comunión con las dos especies, la unción en las palmas de las manos con el aceite de los catecúmenos y, por último, la misa celebrada junto al obispo. Será mejor que pase sobre este acontecimiento con ligereza. ¡Qué sabio fue Job al sellar un pacto para no contemplar a ninguna virgen por inocente que fuese!

Porque yo no supe detener mis ojos, debido a que levanté la cabeza e, inesperadamente, contemplé a una mujer de fascinante belleza. Estaba a bastante distancia; pero tuve la sensación de que se hallaba a mi lado, de lo mucho que me impresionó. Es posible que me subyugase su vestido casi imperial o la perfección de su rostro... El caso fue que se desprendieron las escamas de mis ojos, y tuve una sensación parecida a la del ciego que recupera la vista de repente.

La presencia del obispo, a pesar de tenerlo más cerca, desapareció para mí. Hasta las velas encendidas de los candelabros de oro perdieron su resplandor, porque todo el inmenso recinto se vio invadido por la oscuridad, debido a que allí sólo existía, para mí, la figura de aquel ángel, que parecía rodeado por un halo de luz que nacía de su propio cuerpo.

Luché por cerrar los ojos, convencido de que no debía abrirlos para mirar en la única dirección que me importaba. Sin embargo, ya no era dueño de mis actos.

Poco tardé en abrir los párpados, porque no había dejado de contemplar a aquella mujer: encerrada en un prisma de luz, fijo en el fondo de mis pupilas o en mi mente como sucede con el sol cuando se le ha estado contemplando mucho tiempo.

¡Oh, qué bella me parecía! Todos los pintores que habían intentado representar la hermosura ideal de las Madonnas jamás pudieron aproximarse a la que ofrecía aquella mujer. Tampoco los versos de poeta alguno pudieron describir las sensaciones que yo estaba experimentando. Me pareció muy alta, con cintura y gestos de diosa; sus cabellos eran rubios claros, y caían sobre sus sienes, dejando libre la frente, como ríos de oro; me pareció una reina llevando su diadema; su piel ofrecía una blancura azulada y transparente, y venía a contrastar con los arcos de las negras pestañas y las verdes pupilas, que despedían una vivacidad y un brillo deslumbrante. ¡Qué ojos más divinos! Sólo con sus destellos podían decidir la suerte de cualquier hombre, porque exhibían una fuerza, un fulgor, una humedad resplandeciente que jamás había podido descubrir en otros de los contemplados. Disparaban saetas que se clavaban directamente en mi corazón. Desconozco si el fuego que alimentaban provenía del paraíso o del averno, aunque es posible que surgiera de los dos sitios tan opuestos.

Aquella dama podía ser un ángel o un demonio, tal vez ambas cosas, y era imposible que hubiese nacido de la costilla de Adán, porque era la excepción que supera todo lo imaginado. Sus dientes debían ser envidiados por las mejores perlas de Oriente, y los estaba mostrando en la sonrisa que me dedicaba. Gesto que ayudaba a la formación de unos diminutos hoyuelos en el satén rosado de sus adorables mejillas. Su nariz poseía la delicadeza y el dibujo de la realeza, lo que proclamaba su noble origen. Sus hombros semidesnudos adquirían el brillo de las piedras de ágata, y el collar de perlas que adornaba su cuello y su pecho me pareció tan rubio como la piel de esas partes de su sublime cuerpo. En ocasiones alzaba la cabeza, con el movimiento ondulante de un pavo real o de una serpiente, provocando estremecimientos en los encajes bordados que rodeaban su cuello con una red de blanca plata.

Vestía un traje de terciopelo nacarado, provisto de unas anchas mangas de armiño, al final de las cuales surgían unas manos de lo más delicadas. Sus dedos mostraban, acaso por ser tan largos y estar perfectamente modelados, una transparencia de aurora al dejarse atravesar por la luz.

He podido describir cada uno de estos detalles porque han perdurado en mi memoria como si los hubiera visto ayer mismo. A pesar de la turbación que me embargaba, nada de ella pasó desapercibido a mis ojos; ni siquera el más minúsculo detalle. Hasta pude contemplar un lunarcillo que tenía en la barbilla o el casi imperceptible vello dorado que adornaba la comisura de sus labios, por no mencionar los aleteos de sus largas pestañas, que dibujaban unas movientes sombras sobre sus mejillas. Ya veis que capté cada detalle con una asombrosa claridad.

Al mismo tiempo que la contemplaba tenía la sensación de que se estaban abriendo ante mí unas puertas que siempre se habían mantenido cerradas. Tragaluces cada vez menos obstruidos dejaban en mí unas emociones desconocidas. A partir de aquel momento mi existencia iba a ser muy distinta. Por eso oprimió mi corazón una extraña angustia; mientras, cada minuto que pasaba me parecía un segundo y, a la vez, un siglo.

No obstante, la ceremonia continuaba celebrándose, y yo me hallaba muy lejos de la misma, arrastrado por las nuevas pasiones que estaba degustando. Creo que contesté sí, cuando todo mi ser me estaba ordenando que dijera no, porque mi cuerpo se rebelaba contra la imposición del cerebro. Solo la fuerza de la tradición me arrancó las palabras. Es posible que me estuviera ocurriendo lo que a muchas jóvenes esposas, que son incapaces de rebelarse en el altar a la imposición de un esposo que no les gusta por el peso de la ceremonia. Quizá tantas jóvenes novicias pasen por el mismo trance, al tomar unos velos que desearán romper luego de pronunciar sus votos. Nadie tiene el valor de originar un escándalo de tal magnitud, para no decepcionar a tantas personas que han venido a verle; además, el ritual ha sido preparado tan meticulosamente, es tanta la multitud que ocupa el templo, tan lujoso el escenario, que la voluntad humana se deja oprimir por el peso del fastuoso decorado.

Todo lo anterior no me impidió comprobar que la mirada de la desconocida estaba cambiando de expresión. Cuando finalizó todo el ritual, si antes me había contemplado con una acariciadora ternura, en aquel momento me estaba volcando todos sus reproches, acaso porque le había ofendido mi comportamiento al no entender lo que pretendía transmitirme.

Puedo juraros que intenté gritar, con toda la fuerza de mis pulmones, que nunca había querido ser nombrado sacerdote; sin embargo, no salió ni una sola palabra de mi garganta. Mi lengua se hallaba adherida al paladar, y mi cuerpo se negaba a expresar el más mínimo gesto de rechazo. Claro que me notaba despierto, lo que no impedía que mi cerebro se encontrará inmerso en una pesadilla, en la que se pretende liberar una palabra, porque de ella depende la propia vida, sin conseguir otra cosa que la sensación de fracaso al comprobar que los labios no obedecen.

Creo que ella advirtió el suplicio por el que yo estaba pasando y, con la intención de alentarme, me dedicó una mirada cargada de promesas. Sus pupilas me parecieron un poema en el que cada mirada era una estrofa.

Me comunicaba algo así:

—Si deseas entregarte a mí, sólo tienes que dar un paso para ganarte unos placeres que Dios no te ofrecería en su cielo. Conmigo los ángeles te envidiarían. Arranca de ti ese lúgubre hábito que van a ponerte, piensa que yo represento la hermosura femenina, la lozanía, la existencia. Avanza hasta mí, y daremos forma al amor sublime. ¿Qué puedes encontrar en Yahve superior a lo que yo te ofrezco? Nuestra vida se desarrollará dentro de un sueño en el que los besos resultarán eternos.

«Arroja al suelo el vino de ese cáliz y serás un hombre libre, porque a mi lado conocerás islas que ni imaginas, descansarás con la cabeza apoyada en mi seno mientras los dos compartimos una cama de oro provista de un dosel de plata. Te quiero y necesito arrancarte de tu Dios, a quien muchos corazones puros entregan su amor sin que él llegue a corresponderlos en la misma medida...».

Creí estar escuchando esas frases con una cadencia dulce y eterna, porque sus pupilas transmitían una sinfonía, y las palabras que me comunicaban sus pupilas llegaban al interior de mi corazón igual que si estuvieran siendo susurradas por unos labios invisibles. Me hallaba decidido a renegar de Dios y, no obstante, mi cuerpo estaba respondiendo a lo exigido por el ritual religioso. La bellísima muerte me dedicó una nueva mirada de súplica, angustiosa, que me atravesó el corazón con una daga afilada, tantas veces que sentí el pecho tan atravesado como el de la Dolorosa.

Todo finalizó. Acababa de convertirme en un sacerdote.

Sin embargo, nunca una expresión humana mostró una desesperación tan terrible. La joven enamorada que ve fallecer a su novio súbitamente, la madre que se encuentra ante la cuna vacía del hijo perdido, Eva ante las puertas del Edén, el avaro al descubrir que los ladrones le han cambiado su tesoro por una piedra o el poeta que ve quemarse en el fuego su mejor composición, jamás podrán mostrar un rostro tan aterrado como el de aquella mujer. Pude ver cómo la sangre abandonaba su rostro, hasta quedar tan blanquecino como el mármol, sus hermosos brazos se aflojaron cayendo a lo largo del cuerpo y necesitó apoyarse en una columna para no caer, porque las piernas se negaban a sostenerla. ¡Hasta tal punto llegaba la sensación de derrota momentánea!

Yo caminé hasta la puerta de la iglesia, pálido y sudoroso, igual que si avanzara por el calvario. Sentía un ahogo. El techo del templo parecía haber caído sobre mis hombros, hasta el punto de que tuve la sensación de estar soportando yo solo el peso de todo el edificio.

Nada más que superé el umbral, una mano cogió violentamente la mía. ¡Era una mano de mujer! Nunca en mi vida había tocado otra. Me pareció fría como la piel de una serpiente, y me dejó la sensación de que se me estaba aplicando un hierro candente. La mano le pertenecía a ella.

—¡Desventurado, desventurado! ¿Cómo te has atrevido a humillarme de esta manera? —musitó. Seguidamente, se perdió entre la gente.

Entonces me di cuenta de que el obispo pasaba a mi lado, y me estaba dedicando una mirada de reproche. Mi actitud era demasiado anormal. Reaccioné empalideciendo todavía más o cubriéndome de rubor, sin saber qué hacer. Uno de mis compañeros vino a socorrerme y me llevó al seminario. No hubiese podido encontrar esta dirección por mí mismo. Al superar una esquina, sin que mi joven protector se diera cuenta, un paje uniformado de una forma que yo desconocía, se acercó a mí y, sin dejar de caminar, puso en mis manos un portafolios rematado en oro, a la vez que me aconsejaba que lo escondiera de inmediato. Procuré hacerlo en el interior de una de las anchas mangas de mi vestido.

Allí permaneció hasta que me vi dentro de mi celda. Rápidamente rompí el broche, para encontrarme con dos hojas, en las que se había escrito estas palabras: «Clarimonda, en el palacio de Concini». Dado que yo lo ignoraba todo sobre el mundo exterior, desconocía a quién podía corresponder el nombre de esa dama, lo mismo que era incapaz de localizar el palacio. Comencé a divagar por terrenos de lo más insólitos; sin embargo, necesitaba volver a tenerla a mi lado, sin importarme si era una gran dama o una cortesana.

El amor que me embargaba, a pesar de haberlo sentido hacía pocas horas, ya estaba incrustado en mí de una forma total. Con tanta fuerza me poseía, que la sola idea de eliminarlo me traía inclinaciones suicidas. Aquella mujer era dueña de mi voluntad, porque con una simple mirada me había convertido en otro ser diferente. Sólo podía vivir para servirla. Realicé infinidad de locuras, como besarme la mano por el lugar donde ella la había tocado, sin dejar de repetir su nombre infinidad de veces, incansablemente.

Nada más que necesitaba cerrar los ojos para verla con tanta nitidez como si la tuviera delante. También resonaban en mis oídos las palabras que me dedicó en el umbral de la iglesia: «¡Desventurado, desventurado! ¿Cómo te has atrevido a humillarme de esta manera?». Entendía lo terrible de mi situación, porque nunca debí profesar. ¡Ya era un sacerdote! Esto representaba la castidad más absoluta, no amar a las mujeres, olvidarse de la belleza femenina, arrancarse los ojos, encerrarse entre las frías paredes de un claustro o de una iglesia, rodearse de beatos y beatas, asistir a los cadáveres de los otros hasta que a uno le llegase la hora de ocupar su propio ataúd.

Veía mi existencia futura como una laguna interior que aumentaba continuamente su caudal hasta desbordarse. La sangre bullía en mis venas jóvenes, largo tiempo contenidas, golpeando violentamente, igual que el áloe que tarda cien años en florecer, pero que cuando lo hace se abre con la impetuosidad del trueno.

¿Qué podía realizar para ver nuevamente a Clarimonda? No existía ningún motivo que me permitiese abandonar el seminario, luego carecía de recursos. Tampoco conocía a nadie de la ciudad, de la que iba a salir muy pronto, en el momento que designasen la parroquia que debía atender. Preso de un arrebato de locura, pensé en arrancar los barrotes de la ventana; pero estaba a mucha altura, y sin escaleras era imposible intentarlo. Por otra parte, la única posibilidad, aunque remota, me la ofrecía la noche. Pero ¿cómo podría guiarme en el laberinto de calles? Todas estas complicaciones, que acaso a vos os parezcan ridículas, a mí me resultaban todo un abismo insuperable, al ser un infeliz seminarista que acababa de enamorarse, falto de experiencia, de dinero y de las ropas adecuadas.

«Vaya —me decía perdida la razón—, de no haber sido nombrado sacerdote ahora podría visitarla todos los días, me convertiría en su amante, acaso en su marido. En lugar de hallarme preso de este frío sudario, vestiría ropas de seda y terciopelo, llevaría cadenas de oro, una espada y plumas como cualquier joven y hermoso caballero. Mi pelo, que ha sido humillado por la tonsura, caería libremente sobre mi cabeza y mi cuello, formando rizos ondulantes. Me dejaría un lustroso bigote, y sería el más valiente. Sin embargo, por haber pronunciado unas pocas palabras ante el altar he quedado lejos de los vivos. ¡Voluntariamente he dejado caer sobre mí la lápida de mi tumba, he echado el cerrojo de mi prisión!».

Poco más tarde conseguí asomarme por la ventana. El cielo era de un azul extraordinario, en los árboles se advertía la exuberante primavera; y toda la naturaleza mostraba una rebosante felicidad, que me resultó irónica al compararlas con mi situación. La plaza aparecía repleta de gente, que caminaba en todas las direcciones. Galanes y bellas muchachas paseaban en parejas con dirección al jardín y los cenadores. Todo eran muestras de una vida animada, sin que faltaran las canciones de los borrachos o de los camaradas. En la distancia contemplé a una madre jugando con su hijo, al que besaba en la boquita manchada de leche, a la vez que le dedicaba esos arrumacos que sólo las mujeres de su condición saben hacer. Mientras tanto, el padre contemplaba de pie la escena con una expresión candorosa, apretando los brazos sobre su corazón.

Fui incapaz de soportar aquel espectáculo y cerré la ventana. En seguida me tumbé en el camastro, cargado de odio y de envidia, hasta que me mordí los dedos y, luego, la manta igual que un tigre hambriento.

No puedo deciros los días que pasé bajo este sufrimiento. Una mañana, luego de darme la vuelta con violencia, vi al viejo padre Serapion delante de mí, dentro de la celda. Me miraba con atención, lo que hizo que sintiera vergüenza. Por eso bajé la cabeza y me tapé la cara con las dos manos.

—Querido Romualdo —dijo Serapion luego de mantenerse unos minutos silencioso—, estáis pasando por una situación muy extraña. ¡Vuestro comportamiento resulta incalificable! Vos que siempre habéis sido de una naturaleza tranquila, ahora os agitáis como una bestia de la selva. Andad con cuidado, hermano, porque es posible que os estéis dejando influir por el diablo, que os asedia al sentirse furioso por vuestra eterna dedicación a Dios. Lo hace como un lobo sigiloso, poniendo en práctica sus últimas trampas para haceros caer en ellas. En lugar de rendiros, mi entrañable Romualdo, construiros una coraza de mortificaciones y de rezos, para hacer frente al enemigo. Estoy convencido de que la expulsaréis de vuestro lado. Para que relumbre la virtud se precisa la tentación, lo mismo que el oro se purifica en el crisol. No perdáis el ánimo, ni os asustéis. Las voluntades más santas han pasado por estas experiencias. Rezad, guardad el ayuno, meditad y tendrá que huir el espíritu maligno.

Las palabras del padre Serapion consiguieron tranquilizarme, hasta el punto de prestarle la atención que se merecía.

—He venido a comunicaros que habéis sido destinado a la parroquia de C***. El sacerdote que la llevaba ha muerto, y el obispo me ha ordenado que os acompañe a ese lugar. Saldremos mañana mismo. Estad dispuesto.

Moví afirmativamente la cabeza y el padre salió de la celda. Seguidamente, cogí el misal y comencé a orar; sin embargo, no tardaron en difuminarse las letras ante mis ojos. Mi mente estaba hirviendo de ideas, y el libro terminó por escurrirse de mis dedos, sin que me diera cuenta en que momento cayó al suelo.

¡Saldría por la mañana sin haberla podido ver! ¡Levantaría otra barrera entre las muchas que nos separaban! ¡Tendría que abandonar definitivamente la esperanza de localizarla gracias a algún milagro! Podía escribirle... ¿Y de qué medios me serviría para hacerle llegar la carta? Al haberme convertido en un sacerdote, ¿confiaría a alguien mis sentimientos cuando sabía que me estaba prohibido todo contacto con el exterior?

Me sentí dominado por una gran ansiedad. Al mismo tiempo, recordaba lo que acababa de decirme el padre Serapion sobre las trampas del demonio: lo singular del momento, la hermosura sobrenatural de Clarimonda, el resplandor fosforescente de sus pupilas, la abrasadora huella dejada en mi mano por la suya, el estado de turbación en el que me hallaba sumido, la transformación tan radical de mi carácter, mi vocación deshecha en unos minutos, todo ello sólo podía responder a una labor diabólica. La mano satinada únicamente era el disfraz que ocultaba sus pezuñas. Estas ideas me atemorizaron, por eso recogí el misal del suelo y me entregué a la oración.

Nada más amanecer Serapion ya estaba en mi celda. Dos mulas cargadas con nuestros equipajes nos esperaban en la puerta. A la vez que avanzábamos por las calles, mis ojos buscaban por cada una de las ventanas y balcones a la espera de descubrir a Clarimonda; pero era demasiado temprano, y nadie había salido de las casas. A pesar de esto, continué queriendo atravesar los estores y las cortinas de los palacios, ante los cuales íbamos pasando. Mientras, Serapion atribuía mi curiosidad a la belleza de la arquitectura, sin dejar de retrasar el paso de su cabalgadura para no privarme de la diversión. Finalmente, alcanzamos la puerta de la ciudad y comenzamos a subir por la colina.

En el momento que llegamos a la cima, tuve que volverme para dedicar la última mirada a aquellos palacios, en unos de los cuales vivía Clarimonda. La sombra de una nube oscurecía la ciudad, los tejados azules y rojos se fundían en un semitono genera, en el que flotaban, en distintas partes, el humo mañanero, que me pareció unos blanquecinos copos de espuma.

Gracias a un singular efecto óptico advertí que uno de los edificios resaltaba sobre los demás, al haber adquirido unas coloraciones doradas y amarillentas bajo unos rayos de luz. Era el más alto y, a pesar de encontrarse bastante lejos, me pareció que casi lo tocaba. Pude distinguir sus torreones, sus azoteas, sus ventanas y hasta sus veletas con cola de milano.

—¿Qué palacio es ese que aparece allí iluminado por los rayos del sol? —pregunté, sin poder frenar mi curiosidad.

Serapion se colocó una mano por encima de los ojos y, al poco rato, contestó:

—Es el viejo palacio que el príncipe Concini regaló a la cortesana Clarimonda. En ese lugar ocurren sucesos terribles.

En aquel momento —todavía no sé si fue algo real o una ilusión— me pareció estar viendo una figura blanca y esbelta que se deslizaba por la terraza. Resplandeció un instante y, al momento, se apagó. ¡Era Clarimonda!

¡Oh! ¿Acaso ella estaba al tanto de que yo me encontraba en lo alto de la colina, al final de un camino por el que no bajaría nunca más, deseando poder entrar en el palacio para convertirme en su dueño? Me dije que conocía mis dudas, debido a que su alma se encontraba demasiado unida a la mía, como para compartir hasta el sentimiento más insignificante. De ahí que hubiera subido a la terraza, cubierta con sus velos, sin impórtale el helado rocío de la mañana.

Entonces la sombra de la nube rodeó el palacio por completo, con lo que el panorama quedó convertido en un mar quieto de tejados y montañas, donde sólo se percibían unas ondulaciones informes. Serapion animó a su mula, cuyos pasos siguió la mía de inmediato. Superado un recodo del sendero, perdí por completo la visión, para siempre, de la ciudad de S***, a la que jamás volvería.

Pasamos tres días recorriendo campos tristes, que no aliviaron mi pesadumbre. Ni siquiera me animé al contemplar, a través de los árboles, el gallo de la iglesia donde iba a cumplir mi labor de sacerdote. Luego de avanzar por unas calles retorcidas, a cuyos lados se levantaban chozas y cercados, llegamos ante la puerta del templo. Pensé que no podía ser considerado grande. El porche estaba adornado con algunas nervaduras y dos o tres pilares de un gres poco tallado. Vi unas tejas y unos contrafuertes no demasiado fuertes, y nada más. A la izquierda, se encontraba el cementerio, en el que la hierba aparecía muy alta y sólo había una gran cruz de hierro. A la derecha, estaba la residencia parroquial, de aire sencillo y fría pulcritud.

Los dos entramos. Vimos algunas gallinas picoteando unos granos de avena. Como debían serles familiares las largas sotanas de los curas ni nos miraron. Tuvimos que esquivarlas. De un lugar cercano nos llegó un ladrido ronco y áspero y, al momento, vimos aparecer un perro viejo, de pelo grisáceo y andares cansinos. Era el compañero de mi antecesor, y por sus ojos apagados supimos que no le quedaba mucho de vida al haber completado su ciclo. Como le acaricié, comenzó a girar a mi alrededor muy satisfecho. También apareció una anciana, que se llamaba Bárbara y era el ama de llaves de la parroquia.

Luego de acompañarme a una estancia de la planta baja, me preguntó si pensaba despedirla. Le dije que no, como tampoco pensaba deshacerme del perro, ni de las gallinas. También conservaría los muebles y lo demás, lo que a ella le puso muy contenta. Mucho más al recibir del padre Serapion el dinero que se le adeudaba.

Pasadas unas semanas, como Serapion consideró que yo podía moverme solo, decidió regresar al seminario. De esta manera quedé bajo la responsabilidad de mis propios actos. El recuerdo de Clarimonda se había mantenido casi adormecido; sin embargo, de pronto resurgió con fuerza, obligándome a luchar para que me abandonase. Algunas veces conseguía librarme de esta posesión.

Cierta tarde, mientras recorría mi jardín entre los senderos rodeados de boj, creí haber visto una silueta de mujer entre los arbustos. Estaba siguiendo mis pasos; y era dueña de unos ojos verdes, únicos. Supuse que me había asaltado una fantasía, ya que al investigar más a fondo sólo pude descubrir la huella de un pie tan diminuto como el de un niño. A pesar de que el lugar estaba cercado por unas paredes muy altas, me cuidé de examinar cada rincón, sin encontrar nada. Nunca he podido explicarme este suceso, que resulta una nadería al compararlo con todo lo que me aguardaba.

A lo largo de un año cumplí con mis deberes parroquiales, mostrando la fidelidad que se exigía a mi cargo: recé, ayuné, atendí a los enfermos y entregué limosnas hasta quedarme nada más que con lo imprescindible. Sin embargo, no me desapareció la idea de que había perdido el derecho a recibir la gracia divina. Se me había privado de la alegría que brinda el servicio a una santa tarea. Mis pensamientos daban forma, aunque no lo quisiera, a la imagen de Clarimonda y a sus palabras. Éste era mi castigo: por el hecho de haberme atrevido a mirar a una mujer, aunque hubiera sido una sola vez, sufría las más ingratas turbaciones. Mi existencia había sido alterada para siempre.

Creo que ha llegado el momento de no haceros perder más el tiempo con fracasos y triunfos, a los que siguieron unos profundos derrumbamientos espirituales, ya que me dedicaré a contar el suceso central. Una noche fui despertado por una llamada violenta. Mi ama de llaves abrió la puerta a un personaje de rostro cobrizo, que iba ricamente vestido, aunque llevaba ropas extranjeras. Le vi claramente gracias al farol que sujetaba Bárbara. Me di cuenta de que ésta se hallaba muy asustada, a pesar de que el extraño intentó tranquilizarla diciendo que necesitaba ayuda: al parecer su señora, una dama importante, se encontraba al borde de la muerte y precisaba mi auxilio.

Me dispuse a acompañarle, por lo que cogí todo lo necesario para la Extremaunción. Ante la puerta resoplaban dos caballos negros como la noche, de cuyos cuerpos brotaban ondas de vapor. Procuré agarrarme al estribo de uno de estos animales, y aquel personaje me ayudó a montar. Pero él no necesitó nada más que una mano para dominar a su montura, a la que obligó a cabalgar igual que una flecha.

Como el extraño también sujetaba la brida de mi caballo, me vi sometido a una carrera frenética. El suelo pasaba por debajo de mí a una velocidad inusitada, y las oscuras siluetas de los árboles retrocedían a nuestro alrededor como si escaparan en forma de centellas. Cruzamos una sombría espesura, tan negra y fría que me recorrió el cuerpo un escalofrío de terror supersticioso. Al mismo tiempo, dejábamos una estela de las chispas producidas por las herraduras al golpear sobre las piedras, como un reguero llameante.

Creo que si alguien nos hubiera podido contemplar, habría pensado que éramos dos espectros cabalgando en medio de una pesadilla. Además, nos acompañaban los fuegos fatuos. Las cornejas piaban en los bosques y los ojos fosforescentes de algún gato salvaje nos seguían. Las crines de los caballos se habían enmarañado, y el sudor se deslizaba a chorros por sus cuerpos.

En el momento que mi acompañante creyó que los animales iban a desfallecer, soltó un aullido gutural, sobrehumano, y clavó espuelas. La carrera prosiguió con mayor velocidad, todo un torbellino. Por último, una sombra negra apareció ante nosotros, y los cascos de las bestias retumbaron sobre un suelo metálico. Cruzamos bajo una bóveda que extendía sus fauces entre dos torreones gigantescos. Pronto advertí que en el castillo reinaba una gran agitación.

Como los criados no dejaban de recorrer los patios y las habitaciones, las antorchas que llevaban dibujaban trazos de luz por todas partes. Conseguí ver unas grandiosas formas arquitectónicas: columnas, arcos, escalinatas y balaustradas. Algo que me dio idea de la importancia de los dueños de aquel lugar.

Ante mí apareció un paje negro, en el que reconocí al que me entregó el portafolios de Clarimonda. Mientras me ayudaba a descender del caballo, pensé en lo peor. Idea que vino a confirmar un mayordomo, vestido de terciopelo oscuro, que llevaba en el cuello una cadena de oro y empuñaba un bastón de marfil. Estaba llorando y las lágrimas humedecían su barba blanca.

—¡Ha llegado demasiado tarde, padre! —se lamentó con la cabeza baja—. Pero ya que usted no pudo salvar su alma, será conveniente que vele su cuerpo.

Me cogió del brazo para llevarme a la estancia fúnebre. En ese momento mi llanto era tan abundante como el suyo, debido a que la difunta sólo podía ser Clarimonda, a la que tan locamente yo amé. Alguien había instalado un reclinatorio cerca de la cama; una llama azulada, que se agitaba en una patera de bronce, daba un débil resplandor a parte de la estancia, a la vez que dejaba ver las esquinas de algún pueblo o de una cornisa. Encima de una mesa, dentro de una urna labrada, contemplé una marchita rosa blanca, cuyos pétalos, menos uno, habían caído junto a un vaso, y se parecían a unas lágrimas perfumadas. Cerca se encontraba un antifaz negro y un abanico; varios disfraces distintos estaban caídos sobre los sillones, dando idea de que la muerte había entrado inesperadamente en la regia mansión.

Sin atreverme a mirar hacia el lecho, me arrodillé en el reclinatorio y empecé a recitar los salmos, dando gracias a Dios por haber interpuesto la tumba entre aquella mujer y yo, pensando que de esta manera podría incluir su nombre santificado en mis rezos. No obstante, este deseo se fue debilitando lentamente, ya que caí en una fase de ensoñación.

He de reconocer que el dormitorio donde me hallaba no se parecía en nada a una cámara mortuoria. Faltaba el aire fétido habitual, al poder recibir un vaho sensual de aromas orientales, propio de una mujer muy especial, que se deslizaba en la tibia atmósfera. Reinaba el débil resplandor de un lugar dispuesto para los actos voluptuosos, de los que se me había prevenido en el seminario. Debí recordar la singular casualidad que me había traído al lado de Clarimonda en el mismo día que la perdí para siempre. Un suspiro de nostalgia escapó de mis labios.

De pronto, creí haber oído una respiración a mis espaldas, y me giré sin quererlo. Por culpa de esta acción mis ojos contemplaron la cama de la muerta, que hasta ese momento había procurado evitar. Estaban recogidas las cortinas de damasco rojo estampadas, con lo que permitían ver el cadáver, cuyas manos estaban unidas sobre el pecho. Había sido tapado con un velo de lino de una blancura resplandeciente, lo que resaltaba todavía más debido al tono púrpura de los cortinajes, de una delicadeza que no escondía las hermosas líneas ondulantes del cuerpo, a la vez que se mantenía al descubierto el cuello de cisne, al que ni la muerte había podido restar ni un ápice de su perfección. Parecía una estatua de alabastro realizada por un genial escultor para el sepulcro de una reina, o una doncella yacente sobre la que hubiese caído una nevada.

Fui incapaz de detener mis impulsos, acaso al sentirme embriagado por el aire de la habitación. El febril aroma de la rosa marchita se me introdujo en el cerebro y movió mis piernas. Pero me quedé inmóvil junto a una de las columnas de la cama, con el propósito de examinar el hermoso cuerpo. Singulares emociones recorrían mi alma. Llegué a creer que no se hallaba realmente muerta, y que estaba siendo sometido a un hechizo del que despertaría cuando ella me confesara su amor.

Hubo un instante que me pareció ver que uno de sus pies se movía debajo del sudario. Sin embargo, me dije:

«¿Es que Clarimonda duerme? ¿Cómo puedo saberlo? Ese paje negro quizá sirva a otra dama. Sólo un loco puede imaginar cosas tan absurdas como las que me atormentan. ¡Pero mi corazón no cesa de gritar que es ella, únicamente ella!»

Me aproximé todavía más a la cama y examiné con atención la figura que tanto me inquietaba. He de reconocer que la perfección de las formas, aunque careciesen de vida, me llenaba de voluptuosidad, y su aspecto relajado era tan similar al que se adquiere cuando se duerme. Terminé por olvidar que estaba allí para administrar la Extremaunción, porque preferí imaginar que era un esposo impulsivo invadiendo el dormitorio de su novia pudorosa que se había negado a ser vista antes de tiempo.

Apenado por el dolor y, a la vez, lleno de alegría, me incliné sobre ella. Sin poder contener unos estremecimientos, levanté el velo muy despacio, conteniendo la respiración para no sobresaltarla. Las venas de mi cuello palpitaban con tanta intensidad que la sangre martilleó mis sienes, y me cubrí de sudor igual que si estuviera levantando una pesada losa de mármol.

Allí tenía a la misma Clarimonda que vi en la iglesia en la ceremonia de mi ordenación. Ofrecía todo su encanto, como si la muerte fuese un adorno más de su sublime belleza. La blancura de sus pómulos, el leve rosado de sus labios, las alargadas pestañas que sombreaban los párpados cerrados le conferían un aire de castidad. Aparecía tan seductora.

Sus largos cabellos estaban sueltos, y entre los mismos alguien había colocado unas florecillas azules, sin impedir que los bucles ocultasen parte de los hombros desnudos. Sus manos hermosas me parecieron más blancas e inmaculadas que una hostia, y se hallaban cruzadas en un gesto de devoto reposo o de mudo rezo. Todo esto aliviaba la fascinación que el conjunto provocaba. En los redondeados brazos seguían estando los brazaletes de perlas.

Seguí durante mucho tiempo observándola, y cada vez me resultaba más difícil aceptar que se hubiera marchado de este mundo. No puedo decir si fui víctima de una ilusión o del efecto producido por la vela, el hecho es que me pareció que la sangre circulaba bajo esa piel mate; pero ella continuaba quieta. Me atreví a presionar uno de sus brazos. Lo sentí frío, pero nunca más que en el momento que su mano agarró la mía ante el pórtico de la iglesia. Bajé un poco más la cabeza, para acercarme a su rostro, sobre el que no pude evitar que cayeran algunas de mis lágrimas. ¡Oh, qué amarga era la hiel de mi desesperación!

Hubiese querido entregarle mi vida para recuperar la suya. Pero la noche seguía su curso, y yo debía marcharme de allí.

Por eso no quise privarme del placer de conocer el sabor de sus labios, sin importarme que estuvieran muertos.

¡Oh milagro! Una tenue respiración se unió a la mía, y la boca de Clarimonda respondió al contacto. Sus ojos se abrieron y recuperó un poco de brillo, suspiró y separando los brazos, con sus manos rodeó mi cuello presa de un arrebato indescriptible.

—¡Ha, si eres tú, Romualdo! —exclamó con un tono lánguido y tan suave como las vibraciones de un arpa—. ¿Qué estás haciendo? Te he esperado durante tanto tiempo, que he terminado por morir; sin embargo, ahora somos novios, podré verte e ir a tu casa. ¡Adiós, Romualdo, adiós! Te amo, es lo único que necesitaba decirte, te debo la vida que me has devuelto con tu beso. Pronto nos encontraremos.

Su cabeza cayó hacia atrás, sin que sus brazos dejaran de rodearme. De repente, un golpe de viento abrió las ventanas y entró en la habitación con la mayor violencia. Se agitó el último pétalo de la rosa marchita, hasta que cayó como el ala de un insecto, volando hasta perderse por la ventana abierta. Supe que se estaba llevando el alma de Clarimonda. También se consumió la llama de la lámpara y yo me derrumbe desvanecido sobre el cuerpo del hermoso cadáver.

En el momento que recuperé el conocimiento me vi en mi propio lecho, dentro de la estancia parroquial. El viejo perro lamía mi mano, ya que colgaba fuera de la manta. El ama de llaves se movía inquieta por la habitación, sin dejar de abrir y cerrar cajones y agitando las medicinas que había en los vasos. Al advertir que yo estaba despierto, gritó de alegría, y el animal ladró y agitó el rabo; sin embargo, me faltaban las fuerzas y no conseguí formular una sola palabra o realizar un movimiento.

Después me informaron que había estado tres días en la cama, sin dar otras muestras de vida que una débil respiración. Éste es un tiempo perdido para mí, ya que desconozco lo que hice. Bárbara me contó que el personaje de rostro cobrizo me trajo en una litera cerrada para marcharse con la mayor velocidad.

Por otra parte, en el momento que recuperé la capacidad de pensar, me entretuve en repasar todos los detalles de aquella noche fatal. Supuse que había sido el juguete de una mágica ilusión; sin embargo, ciertas evidencias echaban por tierra esta teoría. Tuve que desechar la idea de un sueño, ya que mi ama de llaves había visto al hombre de los caballos negros, hasta el punto de ser capaz de describir su ropaje. Lo más singular es que nadie sabía que en las proximidades se encontrara un castillo igual al que yo describía, como tampoco se conocía a una dama llamada Clarimonda.

Una mañana me encontré delante del padre Serapion. Bárbara le había contado mi enfermedad, por eso acudió con la mayor rapidez. Le agradecí su presencia. Luego él quiso saber cómo estaba llevando la parroquia, si me encontraba satisfecho, en qué empleaba el tiempo libre, qué libros estaba leyendo y otras cosas similares. Procuré contestarle con la mayor brevedad, e incluso me di cuenta que mi compañero cambiaba de tema sin esperar a que yo hubiese concluido. Comprendí que la conversación tenía algo de interrogatorio. Una idea que adquirió la más cruda realidad cuando, empleando un tono claro y rotundo, me contó algo que sonó en mis oídos como las trompetas del juicio final.

—Se dice que la cortesana Clarimonda acaba de fallecer luego de organizar una orgía que se prolongó durante ocho días y el mismo número de noches. Aquello debió ser diabólico, al repetirse los banquetes de Baltasar y Cleopatra. ¡Vaya tiempos en los que vivimos, Dios! Los invitados fueron servidos por esclavos de piel oscura, todos los cuales hablaban un idioma desconocido. Creo que eran verdaderos demonios. La librea de rango inferior hubiera servido para uniformar al emperador.

Respecto a Clarimonda se han contado muchas atrocidades, y que cada uno de sus amantes fue víctima del final más indigno y violento. Se dice que es una mujer vampiro, aunque yo creo que en ella se escondía el propio Satanás.

Cuando dejó de hablar me estaba observando fijamente, acaso para comprobar el efecto que me habían causado sus palabras. No pude impedir que me asaltara un estremecimiento al escuchar el nombre de Clarimonda. La noticia de su muerte me produjo una gran turbación, al unirla con la escena que me había tocado vivir en su dormitorio. Como me quedé muy pálido, a la vez que mis escalofríos habían sido bastante acusados, Serapion me dedicó una mirada de reproche y, luego, comentó:

—Hijo, he de avisaros que estáis caminando en dirección al abismo. Procurad no caer en su fondo. El diablo tiene unas garras muy largas, y lo que se guarda en las tumbas puede escapar. La lápida de Clarimonda debió ser sellada tres veces, ya que no es la primera vez que ha muerto. ¡Qué el señor te proteja, Romualdo!

Fueron las últimas palabras de Serapion, porque cruzó la puerta y se fue. No volví a verle, ya que partió a S*** poco más tarde.

Ya estaba recuperado totalmente y reanudé mis tareas. El recuerdo de Clarimonda no se borraba de mi mente; sin embargo, ningún suceso vino a apoyar los presagios del sacerdote amigo. Empecé a suponer que sus temores eran infundados.

No obstante, una noche tuve una pesadilla. Nada más conciliar el sueño, oí que las cortinas de mi cama eran descorridas con fuerza, hasta el punto de que las anillas se desplazaron por la barra ruidosamente. Di un salto para sentarme y pude ver la sombra de una mujer. No tardé en reconocer a Clarimonda. Lleva en las manos una lamparita como las que se colocan en las tumbas, cuyo resplandor daba una transparencia rosada a su brazo desnudo. Su única vestimenta era el sudario de lino que le habían puesto en su lecho mortuorio, y sostenía los pliegues en el pecho, como si le diera vergüenza mostrarse casi desnuda.

Sin embargo, su manita no era suficiente, ya que al ser tan blanca el color del tejido se confundía con el de su piel. Me pareció una estatua de mármol y no una mujer viva. Su hermosura era la misma, nada más que el verde resplandor de sus ojos aparecía algo más apagado, y su boca había pasado a ofrecer un rosa pálido en lugar del bermellón anterior de la vida. Las florecillas azules que adornaron sus cabellos ya estaban secas, lo que no restaba fascinación a la totalidad del conjunto, hasta el punto que, a pesar del modo inexplicable de invadir mi dormitorio me sentí dominado por el pánico y, además, por la pasión.

Ella dejó la lámpara en la mesilla y se acomodó a los pies de la cama; acto seguido, inclinándose sobre mí, me dijo con esa voz aterciopelada tan suya, que fascinaba hasta la anulación:

—He querido que anhelaras mi presencia, Romualdo, al creer que te había abandonado para siempre. Regreso de muy lejos, de un sitio del que nadie vuelve. En aquel país faltan el sol y la luna, ya que dominan las sombras. Se carece de la tierra en la que caminar, luego son innecesarios los senderos. También falta el aire en el que volar. Sin embargo, me encuentro a tu lado, ya que el amor es capaz de vencer a la muerte. ¡Ay! He contemplado en mi viaje los rostros más lúgubres y sucesos terribles. Mi alma ha debido combatir tanto para encontrar la salida de ese mundo, con la ilusión de localizar tu cuerpo, que de nuevo poseeré... ¡Cuánta fuerza precisé para levantar la losa con la que se me había tapado! Observa las palmas de mis manos heridas. ¡Bésalas y se curarán, amor mío!

Me las acercó a la boca, y las besé mil veces. Ella me contemplaba con una sonrisa de inefable placer.

Debo reconocer que había olvidado por completo los consejos del padre Serapion. Estaba sucumbiendo sin oponer resistencia, y desde el primer asalto. La frescura de la piel de Clarimonda ya había entrado en contacto con la mía, y me dominaban unos voluptuosos estremecimientos. ¡Mi infeliz niña! A pesar de todo lo que había contemplado, no podía aceptar que fuese un demonio. Satanás jamás escondió de mejor manera sus garras y sus cuernos.

Ella había recogido las piernas sobre los talones y, acurrucada sobre la cama, componía una postura muy sensual. Con sus manos acariciaba mis cabellos, formando rizos igual que si estuviera ensayando peinados. Yo la dejaba hacer complacido, y Clarimonda me susurraba palabras encendidas. Nada me extrañaba debido a que, preso de la fascinación, lo más asombroso me resultaba natural.

—Te he amado mucho antes de haberte conocido, querido Romualdo. Te buscaba por cualquier calle o edificio. Te habías convertido en mi sueño. Al verte en la iglesia sólo pude decirme: «¡es él!» Te dediqué una mirada para que conocieras la fuerza de mis sentimientos, sin importarme que allí delante estuviera el obispo. Hasta un rey se hubiera rendido ante mis ojos; pero tú te mantuviste fuerte, al elegir a tu Dios antes que a mí... ¡Ah, qué celosa me sentí en aquel instante, porque amabas a alguien más que a mi persona!

«¡Qué desgraciada! Nunca conseguiré que tu corazón me pertenezca en exclusiva. Cuando me resucitaste con un beso, Clarimonda la muerta recibió las fuerzas suficientes para poder forzar los sellos de su lápida, con el fin de correr a entregarte su cuerpo... y su existencia, que le ha sido devuelta por tu intervención.»

Cada una de sus palabras las acompañó con unas caricias delirantes, que aturdieron mis sentidos y mi mente. Hasta el extremo de que proferí una blasfemia al gritar que la amaba más que a Dios.

Sus pupilas adquirieron la intensidad de los crisopacios.

—¿Puede ser eso cierto? ¡Me amas más que a Dios! —exclamó, rodeándome con sus brazos—. Si es cierto, te llevaré conmigo donde me apetezca. Dejarás ese horrible ropaje negro. Te convertiré en el más soberbio de los caballeros, serás mi único amante. El dueño de las pasiones de Clarimonda, que llegó a rechazar a un papa, supondrá tu mejor trofeo. ¡Te prometo la vida más dichosa, una brillante existencia! ¿Cuándo partiremos querido Romualdo?

—¡Mañana mismo! —grité delirando.

—Sea como tú quieres —replicó—. Dispondré del tiempo para cambiar de vestidos, porque llevo uno demasiado ligero para ir de viaje. Además he de entrar en contacto con la gente que me llora al creerme muerta. Dinero, ropas, coches, todo se hallará listo, y vendré a buscarte a esta misma hora. ¡Adiós, corazón mío!

Puso sus labios sobre mi frente. Súbitamente, la luz se apagó y se corrieron las cortinas. Ya no pude ver nada más... Un sueño plomizo se apoderó de mí hasta la mañana siguiente. Me desperté más tarde de lo habitual, y el recuerdo de la noche anterior me mantuvo a merced de una gran agitación. Terminé por aceptar que acababa de ser víctima de una fantasía fascinante, que me había dejado una especie de resaca parecida a la de una borrachera.

Sin embargo, el recuerdo era tan vivo que no pude creer que perteneciera a un sueño. Cuando volví a acostarme, llegada la noche, me embargaba un cierto temor por lo que me aguardaba. Supliqué a Dios que apartase de mí los malos pensamientos y defendiera la castidad de mi mente.

Rápidamente me dormí, con lo que el sueño prosiguió. Las cortinas fueron corridas y encontré a Clarimonda, no como la primera vez, pálida en su sudario y con las violetas de la muerte en sus pómulos, sino vestida con un espléndido traje de terciopelo verde adornado con cordones de oro y recogido en un lateral para dejar ver una falda de satén. Había peinado sus rubios cabellos con tirabuzones, que cubría con un amplio sombrero de fieltro adornado con plumas blancas colocadas caprichosamente; además, empuñaba una fusta rematada en oro. Me dio un golpe suave diciendo:

—Arriba, dormilón. ¿Cómo no me estabas esperando? Creí que te habrías levantado. Anda, muévete que no disponemos de mucho tiempo. —Abandoné la cama—. Vístete y salgamos de aquí —dijo, a la vez que señalaba un paquete que había traído. Los caballos se cansan y están mordiendo sus frenos. Ya deberíamos encontrarnos a diez leguas de aquí.

No tardé en vestirme, mientras ella me ofrecía mi nueva indumentaria riendo a carcajadas por mi torpeza. En muchas ocasiones debió explicarme cómo debía ponerme algunas de las prendas. Por último, me peinó el cabello y, cuando estimó que estaba dispuesto, me entregó un espejo de bolsillo de cristal de Venecia, provisto de filigranas de plata, preguntándome:

—¿Qué te parece tu nuevo aspecto? ¿Querrás que sea tu mayordomo desde ahora?

Había cambiado por completo, y me costó reconocerme. Mi imagen era tan distante como pueden serlo una tosca piedra y la escultura que se obtiene de ella. Mi figura de joven sacerdote rural sólo había sido el torpe boceto de un cuadro majestuoso. Aquella figura que me devolvía el espejo pertenecía a un hombre guapo, elegante y diferente, por lo que me estremecí de vanidad por la asombrosa metamorfosis. El elegante ropaje y los bordados me convertían en un caballero poderoso, gracias a que todo aquello había penetrado en mi naturaleza.

Procuré caminar por la habitación para moverme con más soltura. Clarimonda me observaba con la satisfacción de una maestra que ha realizado su mejor trabajo.

—Dejemos las reacciones infantiles, pues nos queda mucho por hacer, querido Romualdo. El viaje será largo, y si perdemos más tiempo jamás llegaremos.

Me cogió de la mano y abandonamos la casa. Las puertas se abrían a su paso sin casi tocarlas, y el perro no se despertó al pasar a su lado.

En el exterior nos esperaba el escudero de tez cobriza, que ya conocía. Sujetaba por las bridas a tres caballos negros, en los que montamos para partir a la mayor velocidad. De nuevo tuve la sensación de que cabalgábamos con la rapidez del viento, y la luna, que parecía haber roto las nubes para alumbrarnos, giraba en el cielo como la rueda de un carro: por momentos la veíamos a nuestra derecha, perdiéndose entre los árboles, o a la izquierda, como si luchara por no abandonarnos.

Cuando llegamos a una llanura, en las proximidades de un bosquecillo, vi un coche al que estaban enganchados cuatro vigorosos caballos. Subimos a este vehículo, y de nuevo nos entregamos a una frenética carrera. Con mi brazo rodeaba la cintura de Clarimonda, a la vez que sujetaba una de sus manos. Ella había apoyado su cabeza en uno de mis hombros, por lo que pude gozar de la caricia de sus cabellos, sin dejar de sentir la tibieza de su cuello semidesnudo.

Me había olvidado de cualquier amenaza, y no recordaba que había sido un sacerdote. Tal era la fascinación que me unía a esa mujer. A partir de aquella noche, mi personalidad se duplicó en dos hombres muy diferentes, que se ignoraban el uno al otro: el cura y el caballero. Por el día pensaba que era el primero; y por la noche, pasaba a ser el segundo.

Hasta que llegó un momento en que el caballero libertino se mofaba del casto cura; a la vez que éste despreciaba al otro. La existencia que mantenían podía compararse a unas espirales que, a pesar de intentar juntarlas para convertirlas en una sola, jamás llegan a tocarse. Pero debéis creer que en ningún momento creí haberme vuelto loco. Porque tuve siempre muy clara la idea de mis dos vidas. Sólo se presentaba una absurda circunstancia: que la misma identidad perteneciera a dos hombres opuestos. Suponía una anormalidad de la que no era consciente mientras actuaba como el sacerdote del pueblo C*** o como *el signor Romualdo*, amante fijo de Clarimonda.

En realidad me hallaba —eso suponía— en Venecia. Me costaba discernir lo que había de verdad o de mentira en mi extraordinaria aventura. Residíamos en un enorme palacio de mármol situado en el Cabaleio, donde había estatuas y dos Tizianos de la mejor época, que adornaban el dormitorio de Clarimonda. Era un lugar digno de reyes. Disponíamos de una góndola y de una barcarola individuales, que llevaban nuestro escudo.

Ella sabía vivir a lo grande, porque en su naturaleza había mucho de Cleopatra. Por mi parte, mantenía un ritmo de actividad digno de un hijo de príncipes; y me había hecho tan popular como si perteneciera a la casta de los doce apóstoles o de los cuatro evangelistas de la serenísima República. En mi orgullo ni hubiera cedido el paso al mismo Dux, y considero que desde Lucifer, antes de ser expulsado del cielo, nadie había sido tan vanidoso e insolente como yo.

Entraba en el casino de Ridoto, donde jugaba de una forma diabólica, ganando más veces de las que perdía. A mi lado se sentaba la más elevada sociedad del mundo, formada de herederos de familias arruinadas, mujeres de teatro, estafadores, vividores y espadachines.

Pese a mi existencia disoluta, Clarimonda continuaba siéndome fiel. La amaba con mayor pasión que nunca, con un amor cada vez más grande. Ella alimentaba mis insaciables apetitos, sin dejar de fortalecer mi seguridad. Tenerla a mi lado era como disponer de cien amantes, porque sabía ser distinta en cada ocasión, sin perder nada de su hermosura y arrebatadora fascinación. Yo intentaba darle todo lo que poseía, y a cambio recibía un amor centuplicado.

Eran muchos los jóvenes nobles que la acosaban, y hasta miembros del Consejo de los Diez le hicieron proposiciones casi imposibles de rechazar. Un tal Foscasi le pidió matrimonio; sin embargo, los rechazaba a todos. Disponía del oro suficiente, luego no necesitaba más riquezas. Le bastaba con mi amor puro, que ella había generado y que le pertenecería hasta el fin de mis días.

Hubiera sido completamente feliz de no ser por esa pesadilla que retornaba a mí cada noche, y en la que me creía un cura rural. Por eso me mortificaba, a la vez que hacía penitencia por los pecados cometidos a lo largo del día.

La fortaleza que encontraba al lado de Clarimonda, me llevó a olvidar la extraña forma en que la conocí. No obstante, de vez en cuando me inquietaban las palabras del padre Serapion.

Y un día caí en la cuenta de que la salud de Clarimonda estaba siendo herida por una misteriosa enfermedad. El color de su piel se apagaba. Los médicos que la examinaron no supieron diagnosticar el mal. Se limitaron a recetarle algunos medicamentos; pero no volvieron al palacio. Mientras, ella palidecía continuamente y cada vez estaba más fría. Por momentos me parecía tan blanquecina y helada como aquella noche que la contemplé muerta en el castillo misterioso. Me desesperaba verla marchitarse sin poder brindarle mi socorro. Conmovida por mi dolor, ella me dedicaba unas dulces sonrisas, sin evitar esa expresión de quien sabe que va a morir.

Una mañana que estaba desayunando en una mesita, cerca de su cama, porque no me hallaba dispuesto a separarme de ella ni un minuto, me hice un corte bastante profundo en un dedo al pelar una fruta. La sangre brotó en el acto, formando un reguero púrpura. Unas gotas salpicaron a Clarimonda. Entonces sus ojos se iluminaron, su rostro cobró un gesto de salvaje alegría que nunca había visto antes y salto de la cama con la agilidad de un gato. Sin poder reprimirse, como hipnotizada por la sangre.

Sujetó mi dedo con una de sus manos, puso los labios sobre la herida y, en el acto, se entregó a succionar mostrando una voluptuosidad indescriptible. Tragaba la sangre a pequeños sorbitos, muy despacio, como un *gourmet* que saborea un vino de Jerez o de Siracusa. Tenía los párpados entornados, y sus verdes pupilas ya no eran redondas sino alargadas. Hacía unas pausas para besar mi mano y, luego, volvía a presionar sus labios contra la abertura de mi herida para extraer más gotitas rojas.

En el momento que ya no pudo obtener sangre, se levantó con los ojos humedecidos y resplandecientes, ruborizada como los amaneceres de mayo, complacida. Su diestra había adquirido un tono tibio y húmedo, y aparecía más bella que nunca. Estaba curada.

—¡Ya nunca moriré! ¡Tú me darás la vida! —exclamó loca de satisfacción, agarrándose a mi cuello—. Podré entregarte mi amor durante mucho tiempo. Mi existencia se hallará unida a la tuya, y todo mi ser dependerá de ti. Sólo unas gotas de tu noble y apetitosa sangre, más valiosa que todos los elixires del mundo, me han devuelto la vida.

Esta circunstancia me preocupó durante unas horas, haciéndome dudar de la sinceridad de Clarimonda. Y aquella misma noche, cuando el sueño me trasladó a la parroquia rural, encontré al padre Serapion más preocupado que nunca:

—Como no habéis quedado satisfecho con perder vuestra alma, ahora queréis perder vuestro cuerpo. ¡En qué trampa ha caído voluntariamente, infeliz!

Me sentí muy afectado por el tono de sus palabras, sin embargo, esta sensación desapareció en seguida, ya que otros sucesos se encargaron de borrarla de mis recuerdos. Una noche contemplé en mi espejo, en cuya posición ella no había reparado, cómo Clarimonda depositaba unos polvos en una copa de vino sazonado que acostumbraba a prepararme a esas horas.

Acepté la bebida cuando me la entregó y, luego, simulé que tomaba un sorbo, para dejar el resto sobre una mesa diciendo que la apuraría más adelante. En el momento que se volvió de espaldas, derramé su contenido debajo de la mesa. Seguidamente, me retiré a mi dormitorio, convencido de que debía mantenerme despierto. No tuve que esperar mucho tiempo, ya que Clarimonda apareció llevando un camisón. Nada más que se quitó sus velos, se recostó a mi lado. Cuando se aseguró de que yo dormía, cogió mi brazo desnudo extrajo de sus cabellos un alfiler de oro y susurró:

—Una sola gotita roja, un rubí en la punta de mi aguja... Como has seguido amándome no moriré... ¡Oh, mi pobre amor! Beberé tu deliciosa sangre. Sigue durmiendo, mi señor, mi niño, porque no te causaré ningún dolor. Sólo absorberé la imprescindible para que no se consuma mi existencia. Si no te quisiera tanto me decidiría a buscar otros amantes cuyas venas agotaría; sin embargo, desde que te conocí, los demás hombres me parecen horribles. ¡Ah, qué brazo tan espléndido, tan perfecto, tan blanco! Nunca podré tener a mi merced una vena tan azul —gemía al mismo tiempo que hablaba, y sentí la caída de sus lágrimas sobre mi piel.

Por último, se decidió a pincharme. Esperó a que brotase la sangre y, después, comenzó a succionar. Nada más que bebió un poco, se retiró al tener miedo de debilitarme. Seguidamente, colocó una cinta alrededor de mi brazo, después de frotar la herida con un ungüento que la cicatrizó al instante.

Ya no me cupo la menor duda. El padre Serapion me había advertido de este riesgo. Sin embargo, a pesar de la evidencia, no dejaba de amar a Clarimonda y la hubiese regalado toda la sangre que necesitara para seguir viva. Por otra parte, no debía sentir miedo porque, a pesar de ser una vampira, la había visto y oído que se conformaba con un poco de sangre. Mis venas se hallaban repletas, y tardarían en agotarse. No iba a ser egoísta con la mujer que amaba. Me habría abierto el brazo yo mismo diciéndole:

—Bebe todo lo que necesites, y que mi pasión se transmita a tus venas.

Procuré olvidar el narcótico que había pretendido hacerme beber y la aguja con la que me pinchó el brazo. Seguimos viviendo en armonía. Pero mis escrúpulos de sacerdote me atormentaban al llegar la noche, sin saber que penitencia debía aplicarme para mortificar mi carne. A pesar de que todas mis visiones fueran involuntarias, no me atrevía tocar la imagen de Cristo con mis manos impuras.

Queriendo impedir las alucinaciones, procuraba mantener los ojos abiertos al acostarme, hasta que la arena del adormecimiento terminaba por doblegarme. Entonces aparecía Serapion exhortándome a que siguiera luchando. Una noche me ofreció este consejo:

—Nada más que existe una solución para que os libréis de esa obsesión. A pesar de ser una medida extrema, los dos la llevaremos a la práctica. Conozco el cementerio donde se encuentra la tumba de Clarimonda. La desenterraremos para que veáis en el lamentable estado que se encuentra quien ha secuestrado vuestro amor. Debéis recuperar el alma lo antes posible. Esto sucederá en el momento que tengáis delante un cuerpo devorado por los gusanos y a punto de transformarse en polvo. ¡Así entraréis en razón!

Acepté el trato porque ya estaba cansado de mantener una doble vida. Necesitaba averiguar quién era víctima de la ilusión, si el sacerdote o el libertino caballero, para acabar con uno u otro. También cabía la posibilidad de que debiera eliminar a los dos. El padre Serapion cogió un pico, una pala y una linterna. A medianoche llegamos al cementerio de ****, donde él se movió con seguridad. Luego de aproximar la luz a las inscripciones de algunas lápidas, llegamos ante una piedra medio oculta entre altas hierbas y que aparecía mordida por el musgo y las plantas parásitas. Allí desciframos el comienzo de la siguiente inscripción:

Aquí fue enterrada Clarimonda.
A la que se consideró en vida
la más bella del mundo.

—Es ésta —dijo Serapion.

Dejó en el suelo la linterna, introdujo la punta de la pala en la zona baja de la piedra y empezó a levantarla. Consiguió desplazarla y, en seguida, se entregó a picar con ahínco. Le dejé trabajar en medio de la oscuridad, hasta que le vi sudar copiosamente y jadear casi agotado. Componíamos un espectáculo muy singular, que cualquiera hubiese considerado la labor de unos profanadores de tumbas. La tarea de Serapion mostraba tanta obsesión, que más se asemejaba a un demonio que a un ángel. Su expresión bajo el resplandor de la linterna no tenía nada de tranquilizadora.

Advertí en mis brazos una sensación fría, y mis cabellos empezaron a erizarse. Porque estaba considerando el trabajo de aquel viejo sacerdote como un sacrilegio abominable, y llegué a desear que de la tierra surgiera un fuego que le aniquilase en el acto.

Los búhos posados en los cipreses se movían inquietos por los reflejos de la linterna. Algunos descendían a golpear con sus alas los cristales, gimiendo lastimosamente. Desde el fondo nos llegaban los chillidos de los zorros, a los que acompañaban infinidad de otros ruidos siniestros. Finalmente, el pico de Serapion chocó con un ataúd, y los tablones retumbaron con un ruido sordo, con ese horrible sonido que origina lo vacío cuando es tocado. Arrancó la tapa y pudimos contemplar a Clarimonda: pálida como el mármol, con las manos juntas; su blanco sudario daba forma a un solo pliegue, que iba desde la cabeza a los pies. Una roja gotita resplandecía en la comisura de sus labios igual que una rosa. Al descubrirla, Serapion se encolerizó.

—¡Aquí estás, diabólica cortesana, chupadora de sangre y de oro!

En seguida roció de agua bendita el cuerpo y todo el ataúd y, luego, dibujó una cruz con el hisopo. En el mismo instante que dio comienzo a esta labor, el hermoso cuerpo de Clarimonda se fue convirtiendo en polvo, hasta quedar reducido a una repugnante combinación de cenizas y huesos calcinados.

—Aquí tenéis a vuestra amante, señor Romualdo —dijo el cruel sacerdote, señalando los tristes despojos—. ¿Os atreveréis a pasear por el Lido y la Fusine con esta hermosura?

Agaché la cabeza, sabiendo que sólo quedaban rescoldos en el interior de mi recuerdo. Regresé a mi parroquia, y *el signore Romualdo*, el libertino amante de Clarimonda, se alejó para siempre del infeliz cura, del que durante tanto tiempo había sido su amarga compañía.

Sin embargo, la noche siguiente volví a tener delante a Clarimonda, tan bella como la vez primera en el pórtico de la iglesia.

—¡Estúpido, estúpido! ¿Por qué has permitido que actuara ese cura ignorante? ¿Es que yo no te proporcionaba la felicidad? ¿Qué ofensa te he hecho para que permitieras que se violara mi tumba y se pusieran al descubierto las miserias de mi nada? Tú mismo has destruido todo vínculo de unión entre los dos; y ya nuestros cuerpos jamás volverán a estar juntos. ¡Adiós para siempre! ¡Sé que jamás me olvidarás!

De repente, se volatilizó en el aire como lo hace el humo al ser arrastrado por una violenta ráfaga de aire. Nunca volví a verla...

¡Ay de mi destino! Ella tenía razón: la he recordado infinidad de veces, y todavía continúa en mi memoria como una carga de frustración. Por conseguir la tranquilidad de mi alma pagué el peor de los precios. Nunca el amor de Dios será capaz de ocupar el lugar del suyo.

Esta es la amarga historia de mi juventud. Hermano, no os atreváis a mirar a una mujer, andad siempre con la cabeza baja, los ojos clavados en el humilde suelo, debido a que, a pesar de que os consideráis casto y tranquilo, ¡un solo minuto puede ser suficiente para que perdáis la eternidad!

Matanza en el *Nueva Caledonia*

Manuel Yáñez

Manuel Yánez es un escritor autodidacta, que nació en Madrid el 23 de enero de 1939. Luego de publicar novelas populares, se dedicó a escribir miles de guiones de comic para diferentes editoriales de Europa. En 1972, casi toda su labor la concentró en la realización de adaptaciones de los grandes clásicos del Terror y de la Aventura, hasta comenzar a escribir sus propios relatos. La mayoría de este trabajo se publicó en el diario «Pueblo». Luego de una abundante producción en el terreno del Erotismo, cuando la censura española se aligeró lo suficiente, publicó en la colección «Biblioteca Universal del Misterio y del Terror», de Ediciones V, varios relatos de gran calidad, entre los cuales destaca éste de Matanza en el Nueva Caledonia.

Actualmente, Yánez es un colaborador asiduo de «ME Editores S.L.», para la cual ha escrito El gran libro de los nombres, *varias obras de* Enigmas *y una veintena de cuentos infantiles. La gran versatilidad de este creador queda patente en el relato de Terror que ofrecemos a continuación....*

La bestialidad humana es mayor que la del animal más sanguinario, porque obedece a la necesidad de descargar en los inferiores las propias frustraciones. Cuando este cruel fenómeno aparece en un colectivo forzado a mantener una existencia a niveles de permanente violencia, la bestialidad puede convertirse en una embriaguez de ocurrencias que bordean los límites de la muerte. Porque la ignorancia de la piedad, así como el desprecio a toda muestra de sensibilidad, lleva a creer, en estos casos, que la hombría sólo se demuestra soportando unas bromas, auténticos martirios, sin que exista la posibilidad de réplica.

Pero, ¿dónde se encuentra el límite de este juego tan peligroso? ¿Tal vez en el momento que la burla da origen a un mortal accidente?

La respuesta a estas dos preguntas se materializó en los alucinantes sucesos que tuvieron como escenario el velero *Nueva Caledonia*, cuya tripulación estaba compuesta por pescadores o cazadores de focas. Todos eran hombres extraídos de la escoria de una sociedad en decadencia, y llevaban varias semanas de viaje. Su aburrimiento degeneró en las bromas que sufrió Aga, el cocinero hindú.

Al principio de la travesía, este personaje había gozado de cierto respeto, gracias a lo variado de su repertorio culinario y al gusto tan sabroso que ofrecían sus guisos. Pero, una vez que el mérito se convirtió en una rutina, alguien comenzó a burlarse del oriental, fijándose en sus cargadas espaldas, en su barba escrupulosamente cuidada, en sus lentos andares y en el apagado brillo de su mirada, que siempre parecía estar buscando el suelo, como si le avergonzase mirar a quienes le rodeaban.

Fue Tobías, *el Risas*, uno de los arponeros, el primero que inició el tobogán de las violentas bromas, al ponerle la zancadilla al hindú cuando recorría la cubierta llevando una bandeja con dos tazas metálicas. Aga cayó aparatosamente, componiendo una ridícula postura y manchándose de café el rostro, el turbante y las ropas. Pero se levantó sin quejarse, soportando las risotadas, y recogió los cacharros teniendo que perseguirlos cómicamente debido al balanceo de la embarcación; mientras seguía bajo el acoso de las burlas y de los empujones hasta que, al undécimo golpe, perdió el conocimiento. Pero los bromistas no vacilaron al devolverle a la realidad arrojándole todo el agua de dos baldes a rebosar.

Desde aquel momento, pareció que quedaba abierta una competición para saber quién era capaz de someter a Aga a la broma más brutal: decenas de suplicios soportó el duro oriental de edad indefinida, hasta que a Hugh, *el Cuchillo*, uno de los curtidores de pieles, se le ocurrió atarle los brazos a una polea a la vez que le mantenía con los pies unidos al palo mayor, persiguiendo el malicioso propósito de «enderezarle» la columna vertebral, «ya que así te libraremos de la joroba, cocinero».

El hindú soportó la tortura y la burla sin quejarse, aunque le llevaron a los límites de la rotura de los huesos. Cuando esto iba a producirse, comenzó a emitir unos aullidos infrahumanos, mezclados con unos estertores de rabiosa desesperación, que sobrecogieron a sus verdugos. Así finalizó la diversión.

Aquella misma noche, el hambre de las fieras humanas no encontró la satisfacción de la cena porque nadie acudió a servírsela. Rabiosos e insultantes marcharon en busca del jorobado, pensando que «el maldito viejo nos ha devuelto el golpe, ¡pero vamos a enseñarle que con nuestro estómago nadie juega!». Pero la amenaza se hizo vómito en el momento que descubrieron la verdad: ¡Aga se había ahorcado!

El *Nueva Caledonia* se encontraba a ocho días de las costas de Groenlandia. Hacía mucho frío. Pero sus tripulantes lo acusaron más ante la evidencia de la muerte. Un silencio fabricado de miedos y de preguntas sin respuestas abrazó el barco, sometiéndolo a una especie de gangrena de la que debía librarse lo antes posible. Por este motivo, el capitán ordenó que el cadáver fuera metido en un saco y arrojado al mar. La normativa marítima imponía unas horas de velatorio, que no debían ser hurtadas ni siquiera a los suicidas; sin embargo, el deseo de librarse de aquella ominosa culpa se había hecho tan opresivo, que todos fueron cómplices de la macabra ceremonia, para la que ni siquiera hubo ningún tipo de oración; además, ¿quién conocía cómo se mandada «a los infiernos a un hindú jorobado»?

Por último, un escalofrío general cubrió, de proa a popa y de estribor a babor, todo el velero. Sabían que la muerte no les había abandonado, a pesar de que el cuerpo del cocinero ya se encontraba en las negras aguas del océano.

—¡El próximo bromista lo va a sentir! —amenazó el capitán Larson. Luego, volviéndose hacia el más joven de los marineros, ordenó—: Grauman, ve a la cocina y prepara la cena, ¡de prisa!

Sólo los más duros acudieron al comedor, porque los otros se habían quedado sin apetito. Y en el momento que el hambre de los pocos se había confundido con la desesperación y el sueño, apareció el humeante puchero de sopa. Pero, al probarse la primera cucharada, reventó el bramido de protesta:

—¡No hay quien se coma esta bazofia! ¡*El Rata* ha echado aquí toda la sal de la bodega! ¿Va a consentirlo, capitán?

Al verse injustamente acusado, Grauman dejó caer el puchero de sus manos, retrocedió hasta que su espalda chocó contra la pared, el rostro se le llenó de incredulidad, y exclamó con un gemido:

—¡Os equivocáis...! ¡Capitán, yo no he sido...! ¡Le juro que probé la sopa... y tenía un buen sabor...! ¡Alguien me ha gastado... una maldita broma...!

Nadie creyó esta explicación, ni las otras cien que el muchacho profirió a lo largo de las horas siguientes. Y se le habían secado los ojos, con lo que sus pupilas ya eran dos opacos vidrios, en los minutos agónicos y alucinantes que antecedieron al castigo desproporcionado que se le impuso: ser pasado por la quilla.

Los gritos y las rabiosas sacudidas de todo el cuerpo de Grauman, *el Rata*, quebraron los hielos que cubrían la cubierta, pero no consiguieron que cediera la presión de las seis manos que le arrastraban. Fue atado por los tobillos y por las muñecas, y se le arrojó al agua por la proa; luego, dos parejas de hombres se movieron exageradamente despacio por babor y estribor, manteniendo la sujeción que desplazaba al reo, golpeándole contra el casco del barco y sometiéndole a la mortal tenaza de una inmersión en agua helada, que acabó por reventarle los pulmones. Y de esta forma, sus cárdenos restos subieron por la popa dando fe de que la muerte había pedido alojamiento indefinido en el *Nueva Caledonia*.

Aquellos seres violentos, huérfanos de sentimientos humanos y de afectos, se miraron con intranquilidad y compartieron el silencio y la sequedad de sus gargantas. Un temblor, que era ajeno al frío reinante, les sacudió desde la pelvis hasta la garganta, y comprendieron tácitamente que el destino jamás había estado tan lejos de su control como en aquellos instantes. Sin embargo, ninguno se resignó a aceptar el papel de sumisas víctimas; aunque se quedaron con el fatalismo, pues era algo propio de quienes practicaban un oficio propio de desesperados.

Al anochecer se montó una doble vigilancia. El viento golpeaba sobre el tenso velamen, mordía la madera y perseguía sembrar hielo en los ojos de los abrigados rostros de los únicos que se mantenían despiertos. Pasadas unas horas, este enemigo recuperó su principal protagonismo, obligando a que sólo se pensara en el aguardiente, en el calor y en el movimiento que ahuyentase la congelación. Repentinamente, mucho antes de que las protegidas narices percibieran el olor, se escuchó un alarido desgarrador:

—¡Fuego! ¡Tobías, Hugh, Sam y Jeremy están ardiendo vivos! ¡Traed agua, malditos! ¡Aaaayyy...!

En el dormitorio de la tripulación, las llamas y el humo lo devoraban todo, dando origen a un coro enloquecido de gritos, de ayes de agonía y de aullidos de queja; al mismo tiempo, el caos más dantesco llevaba a los débiles a una muerte segura, y a los fuertes los sometía a una lucha angustiosa por la supervivencia. Siempre en solitario, porque ninguna de aquellas bestias humanas pensaba en los demás. A los cuerpos apresados por las maderas ardiendo, que suplicaban un auxilio que no hubiera sido imposible, se les dejó morir en la terrible agonía de la impotencia y de unas gargantas forzadas hasta la rotura de las cuerdas vocales.

Cuando llegaron las mangueras al infierno, la tromba de agua sólo pudo evitar la propagación del fuego a las estructuras básicas de la embarcación. Pasadas unas horas de incansable trabajo, se encontraron siete cadáveres abrasados. Y una náusea de pánico se incrustó en los vientres de los nueve supervivientes.

—El incendio ha sido provocado por uno de vosotros —advirtió el capitán, examinando a sus ocho subordinados—. Empiezo a creer que alguien se ha vuelto loco... Pero no soportaré más bromas, ¿entendido? ¡Os ordeno que seáis los vigilantes de los demás! Claro que esto no va dirigido al culpable, que lo tengo delante de mí... ¡Cuando lo descubra, juro que le aplicaré el peor martirio que se ha conocido en estos mares!

Los gritos de amenaza no eliminaron el miedo, ni la desconfianza. A lo largo de las horas siguientes, todos intentaron mantenerse alerta, siempre al acecho de ese aviso casi imperceptible de la proximidad del enemigo. Sin embargo, cuando el cerebro empezó a traicionarles confundiendo los ruidos y los otros hechos naturales, volvieron a quedar a merced del terror.

La siguiente víctima fue Verrion, uno de los arponeros. Se le descubrió con el cuello seccionado y con los ojos fuera de las órbitas, testimoniando que la muerte le había llegado antes de que un cuchillo certero y mortal le abriera las carnes del vientre.

Al timonel le encontraron atado a la cofa, con el cráneo abierto y la masa encefálica desprendida como las tripas de un melón, dando idea de que también él había sido ejecutado con una eficacia silente y bestial. Y el capitán se tragó las rabiosas órdenes, porque sus seis subalternos le estaban mirando como si le considerasen culpable.

—¡Hemos registrado cada rincón del barco! —se justificó con una protesta—. ¡Tres veces lo hemos hecho... Pero tendríamos que desmontar y vaciar el *Nueva Caledonia* para asegurarnos de que no sirve de escondite a ese monstruo homicida...! ¿Acaso pensáis que se puede hacer algo más? ¡Contestad, hijos de mil lobas!

Nadie habló en su defensa o atacando, porque bastante tenía con soportar el temor que nacía de la certeza de que ellos pronto se iban a convertir en los siguientes cadáveres. Y obsesionados por este castigo incomprensible, todos los hombres se sumergieron en una opresiva atmósfera de desconfianza, porque algo más fuerte que sus instintos de supervivencia les había impuesto la idea de que podían morir en cualquier momento.

Como unos seres netamente individualistas, educados en una jungla de bajas pasiones, montaron sus defensas sin contar con los demás, debido a que cualquiera de los otros podía ser el brutal asesino. Y hasta se privaron del sueño para no conceder una oportunidad al enemigo. De esta forma añadieron un progresivo cansancio a la furia y a sus desesperadas ansias de venganza, con lo que terminaron por obsesionarse en la búsqueda de cada anormalidad, especialmente en los sonidos dentro de aquel viejo velero que era una fabulosa caja de resonancias.

Dos días más tarde, Johnny y Pietro se hallaban rompiendo el hielo que dificultaba la movilidad de las vigotas y los obenques. Bien abrigados, en silencio y golpeando con grandes martillos, no dejaban de mantenerse vigilantes; sin embargo, la dureza del esfuerzo al que se hallaban entregados en demasiadas ocasiones les exigía una total concentración. Y así les cazó la muerte más despiadada.

La ejecución fue larga y brutal. Tuvo su comienzo en el instante que un botalón, que había sido desplazado de una forma no casual, golpeó la cabeza del gigantesco italiano y le derribó sobre el suelo. Seguro que la herida hubiera sido considerable de no haber llevado un grueso pasamontañas de lana y piel, pero le dejó aturdido durante unos segundos.

—¡Has querido abrirme la «testa», hijo de puta! —gritó al levantarse con los ojos inyectados de sangre—. ¡Te voy a machacar!

Se lanzó hacia delante, blandiendo el martillo y dispuesto a esquivar el contraataque de su rival. Su garganta dejó escapar un ronquido de enloquecida satisfacción. Porque era mejor pelear que permanecer a la espera. Y Johnny, al no haber visto el golpe que acababa de recibir el italiano, creyó que se enfrentaba al asesino. En otras circunstancias a los dos les hubiese resultado muy sencillo comprender su error, pero la embriaguez de bestialidad imposibilitaba hasta el más mínimo poder de deducción.

Pietro esquivó el golpe, acto seguido, descargó el suyo contra el vientre de Johnny. Le acertó de lleno, derribándole. Pero resbaló cuando iba a descargar el martillazo definitivo. Cayó aparatosamente, haciéndose daño, y perdió el arma. Luego los dos hombres se enzarzaron en una pelea, en la que emplearon los puños, los dientes, los pies y todo el cuerpo. No se dieron tregua, ni pensaron en reducir al contrario a la inconsciencia. Necesitaban matar. Por este motivo, al cabo de unos quince minutos de extenuante carnicería, las manos de Johnny estrecharon su dogal sobre el cuello del italiano, hasta que la lengua escapada de los labios, quieta y exageradamente gruesa, y los ojos, proyectados fuera de sus cavidades, le revelaron que ya se estaba enfrentando a un cadáver.

El irlandés se puso en pie, con el rostro ensangrentado y jadeando, e intentó eliminar su calor con unos trozos de hielo. Su sed no era física, pues se encontraba afincada en su cerebro. Se metió el sólido líquido en la boca. Entonces pudo oír el crujido de unos pasos, y se dio la vuelta haciendo acopio de todas sus fuerzas y, al instante, profirió un grito agónico:

—¿¡Tú!? ¡¡Eres un... MONSTRUOOO...!!

La última palabra tronó en el barco como si la quilla se hubiera estrellado contra un iceberg. Sin embargo, la fulminante reacción de los escasos tripulantes del *Nueva Caledonia* sólo les permitió encontrarse con dos nuevos cuerpos sin vida. El de Johnny apareció con un arpón clavado entre los ojos, cuyos párpados ya nadie podría cerrar. Pero no localizaron al asesino, a ese monstruo, un calificativo que todos habían podido escuchar, a pesar de que lo buscaron durante horas.

—Capitán, ¿y si estuviéramos persiguiendo a un enemigo irreal? —preguntó Milton, el viejo engrasador, apoyando sus manos secas y afiladas en la mesa del camarote de mandos.

—¿Qué quieres decir?

—Hemos caído bajo una maldición del mar. No es la primera vez que esto ocurre, ni será la última. El mar es como un gigantesco animal, como un monstruo, que se niega a ser doblegado por el hombre. Pienso que ahora somos víctimas del monstruo del mar. Poco nos queda por hacer...

—¡Cierra la boca, cabronazo! —aulló el capitán Larson, saltando en busca del cuello de aquel que se había atrevido a convertir en palabras las ideas que él ya empezaba a aceptar—. ¡Mientes!

—¿Por qué? No lo demuestra usted con su instinto homicida, capitán... ¡Aaaggghhh...!

Tuvieron que intervenir todos los demás para impedir que Milton fuera estrangulado. Después de un largo forcejeo, los cinco supervivientes del maleficio volvieron a entregarse al pánico. Aunque no estaban dispuestos a rendirse sin pelear. En realidad el *Nueva Caledonia* se había transformado en un ataúd gigantesco, en cuyo interior se movían auténticos fantasmas, a los que el cansancio y la negativa a entregarse al sueño iba lastrándoles el ánimo y la movilidad.

Quizás el viejo Milton fuera el más entero de todos, porque se había entregado por completo al fatalismo de su cercana muerte. Y así, en el momento que el cansancio ya se había convertido en una carga irresistible, se echó sobre un montón de cuerdas y lonas, bien abrigado entre las maderas de una bodega, e intentó descansar...

Pero no había cerrado los ojos, cuando percibió que alguien se hallaba cerca. Giró la vista hacia todas partes, sin encontrar el origen de la amenaza. Unas gotas de sudor cubrieron su labio superior y su frente, aunque éstas fueron absorbidas por la tela y la piel de la capucha. Empujó un enorme cuchillo con manos agitadas. Porque su fatalismo no llegaba a los límites del suicidio...

—Ya seas espectro humano o animal... déjate ver... —suplicó sin darse materialmente cuenta de lo que decía—. No me sometas a esta... terrible espera...

Un crujido de madera le forzó a girarse hacia la derecha, en un violento escorzo. A la vez la llama de la vela era agitada por una serie de corrientes de aire, hasta que se apagó. La oscuridad lo invadió todo, aferrándose al cuerpo de aquel duro viejo, que no pudo evitar un sollozo de desesperación. Se puso de pie, tanteando con la mano no armada, y quiso encontrar la salida. Antes le llegó un aliento sobrenatural: su propio terror. Luego, sin concederle la oportunidad de ver a su enemigo, el impacto de un afilado acero homicida se clavó en su espalda, arrancándole un demencial aullido de angustia y de incomprensión.

Pero todos estos sonidos no fueron escuchados por los otros cuatro tripulantes.

Minutos después, el gordo Simoré permanecía aferrado al timón. Hacía muchos días que no pensaba en su Brasil natal. Su piel debía ser negra, pero ofrecía una palidez enfermiza que no tenía nada que ver con el frío, ya que se alimentaba del miedo y de la negativa a morir. Sabía que todavía quedaban cincuenta horas de navegación. Un plazo demasiado largo. Cerró los ojos, olisqueó con su reseca nariz africana, y comenzó a tararear una canción infantil, cuyo sonido fue elevando en un deseo imposible de ahogar los temores de su cabeza. Las lágrimas le cegaban y la voz se le iba apagando... ¿Por qué?

La muerte estaba cerca. La sentía latir amenazadora. Y es que un hombre violento como Simoré, que llevaba cuarenta años luchando contra todo tipo de enemigos, los peores siempre habían estado en el mar, llegaba a adquirir ese sexto sentido, el de la supervivencia, que anuncia la proximidad del peligro. Por eso lo buscó con toda la atención de que era capaz; sin embargo, debido a la fatiga y a los casi tres días que llevaba sin dormir, sus reflejos casi eran nulos.

Dejó el timón, volvió a entonar el canto que no ahuyentaba sus miedos, y comenzó a buscar al enemigo. El corazón le latía enloquecidamente. Tragó saliva y se quedó en silencio... De pronto, muchísimo antes de que pudiera defenderse, fue brutalmente golpeado en la espalda, con lo que se desplazó hacia delante con una gran velocidad, patinando sobre la superficie helada de la cubierta, hasta que cayó a las aguas del océano...

En el velero quedaron los tres últimos tripulantes, poco dispuestos a realizar las tareas imprescindibles para el mantenimiento de la navegación. Porque en sus mentes anidaba la seguridad de que cualquiera de los otros dos era el monstruo del mar.

El doctor Malinowsky, un alcohólico que había venido a refugiar su fracaso en aquel barco, comenzó a planear su defensa. Blandiendo un arpón y totalmente enfundado en pieles, recorrió la cubierta y se adentro en las bodegas, sin entender que su exploración iba a adquirir, frente a los demás, la evidencia de que él era el asesino.

Al ser enemigos de la cooperación voluntaria, los tres actuaron de forma individual. De esta manera, antes de que el doctor fuera capaz de percibir el anuncio del ataque del enemigo al que buscaba, un golpe de hacha le derribó contra el suelo. Su herida era inmensa, se desangraba. Pero aún tuvo fuerzas para volverse, con el deseo de conocer la identidad del monstruo del mar.

—¡¿Es usted, Henry...?! ¡Pero yo... le arrastraré... a mi tumba...! —gritó a la vez que hacía acopio de energías para contraacar con el arpón que aún blandía—. ¡Muere, engendro del averno...!

El afilado hierro se hundió en el vientre del sorprendido contramaestre, provocándole un vómito de sangre, con lo que se quedó imposibilitado para convertir en palabras el reconocimiento de su gran error. Los dos hombres agonizaron juntos, mirándose enloquecidos, y alargando las manos para tocarse. Sabían que acababan de caer en la trampa mortal de su pánico y de su afición a actuar como fieras solitarias. La cólera convulsionó sus cuerpos y sus rostros, hasta que sus alientos se desvanecieron como la llama que consume el último milímetro de la cerilla.

Horas después, el capitán Larson completó la enésima exploración del barco. Su pétreo rostro se había quedado sin expresión de vida. Ni siquiera le preocupaba la atención que requerían los últimos cadáveres. El viento era casi una brisa, la temperatura resultaba más soportable y quedaba mucho por hacer si quería llegar a Groenlandia. Las velas estaban tensas, y los elementos atmosféricos parecían jugar a su favor, por eso se abrazó a la rueda del timón en lugar de escapar en uno de los botes.

Controló el rumbo con manos firmes, e intentó pensar en lo cerca que se hallaba el puerto. Llegó a silbar una tonadilla nórdica. Pero los sobrenaturales acontecimientos que no había sido capaz de evitar, acabaron por apoderarse de su mente, anunciándole que él sería la próxima y definitiva víctima del *Nueva Caledonia*, su barco.

¿Por qué? —se preguntó en voz alta, dirigiéndose al fantasma homicida que se había apoderado de todo—. Yo estoy solo... No hay duda de que todos nos hemos dejado arrastrar por un miedo colectivo... Pero, ¿quién provocó el incendio y ha venido asesinando a todos mis hombres...? ¿He de creer en la existencia de un monstruo del mar... o en algún ser de carne y hueso...?

Su instinto de cazador le respondió que no estaba solo, que los crujidos de la madera, de los cristales y del velamen podían estar ocultando los pasos del reptante enemigo, cuyo golpe homicida era certero, igual que si lo propinase el más hábil matarife. Y él iba a ser el siguiente muerto, por eso se agudizaron sus sentidos, dentro de las limitaciones del cansancio y de llevar más de tres días sin dormir. Anhelaba localizar la presencia del invisible verdugo.

Sus manos se cubrieron de un helado sudor, sus labios se agrietaron, sus oídos se llenaron de resonancias imposibles de clasificar y sus ojos se desplazaron, muy lentamente, hacia todas partes. El valor se le iba extinguiendo. Se decidió a sujetar el timón con unas cuerdas antes de salir a cubierta. Moviéndose no acabaría por enloquecer. Pero la inercia de una acción encadenada al pánico le llevó a reducir la velocidad de sus pasos. Todo lo que le rodeaba era normal, sin llegar a delatar la presencia del asesino.

En la mortal soledad de la cubierta, llenándosele el olfato del hedor a muerte y a odio, insensible al frío, el capitán del *Nueva Caledonia* se enfrentó a un obstáculo mucho peor. Sabía que se hallaba solo. Aunque estadísticamente, según el registro de abordo, todos sus hombres habían sido víctimas de la epidemia de bestialismo, ¡él estaba seguro de que en el barco quedaba otra persona!

Jamás había creído en poderes sobrenaturales. El mar alimentaba la soledad de los hombres, los convertía en fieras sanguinarias, y llegaba a destruirlo todo con su poder apocalíptico, pero ya no existía nada más. Luego...

—¿Dónde está el auténtico culpable... si yo no he sido el ejecutor de los últimos asesinatos? —se preguntó, sintiendo que le dolían las sienes de tanto esfuerzo. Se apoyó en el palo mayor, con los ojos cerrados y presintiendo que la respuesta ya estaba muy cerca—. Alguien me contó la historia de un yogui que fue expulsado de su país por unas sectas religiosas rivales... ¡Ya lo tengo: Aga el cocinero! ¡Los yoguis conocen como provocarse la catalepsia... Pudo simular su muerte...! Pero, ¡¿cómo...?!

Había hablado en voz alta. Pero sus palabras fueron cortadas, fulminantemente, por un dogal de cáñamo que se le clavó en la dura piel del cuello, estrangulándole. En el borde de la agonía, cuando aún sus oídos eran capaces de escuchar, le hirió la voz triunfal del auténtico homicida, del responsable de la matanza en el *Nueva Caledonia*:

—Es usted muy inteligente, capitán. Si no me hubiera considerado un ser inferior, como los demás, esta suposición inútil de ahora le hubiera valido desde el principio. Pero, como esa historia que acaba de recordar la consideró una fantasía, ya no le vale de nada... Realmente, poco me halaga explicarle cómo organicé mi venganza. Usted acaba de acertar al suponer que me serví de la catalepsia, para engañar a los hombres que me encontraron ahorcado. Comprobaron si mi corazón latía, pero no se molestaron en quitarme la cuerda. De haberlo hecho, seguramente habrían descubierto la anilla de hierro que rodeaba mi cuello, para que no me matara la horca.

Luego, me fue fácil escapar del saco-mortaja en el que me habían arrojado al mar, ya que también escondía en mis ropas un afilado cuchillo. Supongo que los otros pasos ya no necesito explicárselos: yo eché la sal en la sopa y provoqué el incendio. Durante estos días he permanecido escondido en las sentinas, donde anidan las ratas, o manteniendo un continuo desplazamiento para no ser descubierto...

El cruel hindú soltó una carcajada y, a la vez, aplicó la presión definitiva sobre el dogal de cáñamo. Y mientras el capitán expiraba, con la lengua reventada y los ojos desorbitados, los hielos que cubrían la embarcación parecieron teñirse de un rojo total, porque la luz solar estaba creando una aurora boreal. Sin embargo, esta inmensa belleza no impidió que las risas de Aga quedasen petrificadas, al comprender su imposibilidad de llevar, estando solo, el *Nueva Caledonia* a puerto.

La venganza de Gruzelda

Carter Scott

Carter Scott nació en Los Ángeles (17 de noviembre de 1941), cerca de Hollywood; sin embargo, la influencia de su abuelo Joseph, que había sido brigadista en la Guerra Civil le invitó a venir a España hacia 1960. Pero el panorama literario de nuestro país no le gustó demasiado, por lo que volvió a su hogar norteamericano, para comenzar a colaborar como guionista para algunas productoras cinematográficas como la «Universal» y la «Metro», aunque pocas veces apareció su nombre en los títulos de crédito. Sus primeras novelas en castellano, idioma que domina a la perfección, las publicó en la editorial «Diana» de México en 1968: La muerte nunca será tu amiga, Poliface *y* Riendo y muriendo, *entre otras.*

En 1976, volvió a España, donde se ha quedado para siempre, al menos es su propósito al haber contraído matrimonio con una sevillana, a cuyo hogar han venido cinco hijos. Escritor de los considerados «todo terreno» ha pasado por el erotismo, el «porno», las novelas del «Oeste» y las de Terror. Algunos de sus mejores relatos los adquirió Ediciones V, pero no fueron publicados al desaparecer por una crisis editorial.

Conviene resaltar que Carter Scott ha escrito, también, El Diccionario esotérico *y varios libros de* Enigmas *para nuestra Editorial.*

El castillo de Weiser había sido construido para la guerra. Cada una de sus piedras cumplía una misión defensiva, todas sus almenas se hallaban provistas de las armas más mortíferas, su gigantesco puente levadizo era capaz de resistir el impacto de cualquier tipo de proyectil o de ariete, ya fuese lanzado por la mayor catapulta o arrastrado por un numeroso grupo de empuje formado por guerreros y por bestias, y sus estancias reunían la severidad y la falta de gusto que era normal en unos leones humanos que sólo pasaban allí los inviernos y algunas semanas durante las otras épocas del año.

Sin embargo, en el jardín y en unas escasas habitaciones del ala sur, se encerraba un chispazo de excepcional sensibilidad, de belleza y poesía, que hubiese dejado estupefacto a cualquier visitante, de no ser porque constituía un recinto aislado, impresentable, un refugio privilegiado que el rey Rodorico había cedido a Arnaldo, «su débil hijo».

Realmente esta concesión resultaba minúscula si la comparamos con las dimensiones del castillo, ya que éste podía ser considerado un pueblo amurallado o una fortaleza medieval en la que se daba cobijo a una comunidad formada por más de cinco mil personas. Quien dominaba sobre todo aquel universo era el violento, hermoso y analfabeto Conrado: la espada sin piedad que ya había arrebatado la vida a dos centenares de enemigos, a pesar de que sólo contaba veinticinco años, por eso se le consideraba el «fiero orgullo de su padre». Aquella mañana, bajo un sol de castigo y con el coro gimiente que formaban las voces de los últimos prisioneros, se celebró la «corrida de botarga», que iba a contar con el brutal aliciente de que el espantajo de madera, trapos y barro cocido a decapitar había sido reemplazando por ocho cuerpos humanos, totalmente inmovilizados y cada uno de ellos con el rostro descubierto y la boca libre, para que pudiesen gritar sus miedos y sus insultos. El mejor aliciente para quien iba a actuar de verdugo, despreciando el derecho de que las víctimas deberían haber sido llevadas ante los jueces. El mejor premio para el ejecutor de la cruel ceremonia debía mostrarse al ser capaz de cercenar las cabezas de sus víctimas de un único tajo de espada.

Sin embargo, ninguno de los cientos de guerreros y nobles que se encontraban en el gran patio de armas cruzó apuestas, lo que había resultado norma común en otras exhibiciones similares, debido a que el verdugo iba a ser Conrado de Weiser. Y de éste siempre se esperaba la más certera demostración de que sus hábiles brazos continuaban siendo los del mejor y más sanguinario de los caballeros.

Pero sí se le recibió con una morbosa expectación, a la vez que se saludaba con una tormenta de carcajadas y bromas su aparición en la seca arena, sobre la que los cascos del caballo levantaron un polvo amarillento.

Pronto este indómito y blanco animal se alzó sobre sus patas traseras, piafó al sentirse dominado por la férrea mano izquierda de su amo y, nada más sufrir el doble castigo de las espuelas, se lanzó a la carrera ya controlado por la voluntad del que manejaba las riendas. Sus cascos se escucharon como pequeños truenos, que se detuvieron, nada más que unos segundos, para que el cruel jinete descargase el golpe mortal, sin hacer caso de las súplicas o de los insultos de sus prisioneros. Porque se diría que las voces le servían de aliento.

Tan rápido y macabro juego se repitió hasta llegar al último de los reos. Entonces todos pudieron escuchar una amenaza que tardarían bastante en comprender:

—¡Nuestras cabezas no serán tus trofeos, monstruo sanguinario, sino la gangrena que infectará todo este maldito castillo!

El grito fue tan estentóreo que Conrado se vio obligado a detener su montura antes de tiempo, por eso falló el tajo del acero. Aunque tardó sólo un instante en rectificar su error, lo que significó un elemento inesperado, una breve sorpresa, que hizo más prolongada la recompensa de los aplausos de su público sediento de sangre.

Aquella misma noche, mientras en el comedor del castillo se celebraba una cena-orgía, que iba a suponer la despedida de los guerreros, ocho cadáveres eran arrojados en el calvero de los lobos, para que éstos también dispusieran de su festín. Pero nadie se llegó a preguntar cuál era el nombre del desgraciado que había vomitado la amenaza antes de que la espada del más fiero hombre de Weiser le rebanase el pescuezo.

Quizá este nombre ya sólo le importara a Gruzelda, la bruja del bosque de los Helechos Cenagosos, porque ella misma lo había elegido para su único hijo, al que llamó Zorcano.

Llevaba pocas horas en el castillo. Por eso sus agrietados labios aparecían mordidos, lo mismo que ocultaba mil arañazos en las palmas de las manos, al verse sometida a un autocastigo, mientras veía impotente la macabra diversión que había supuesto el asesinato de los ocho prisioneros. Sin embargo, consiguió sobreponerse en el momento que la muerte de su hijo, unido al grito de éste «¡...la grangrena que infectará todo este maldito castillo!», le devolvió todos sus poderes y el autodominio propio de quien contaba ciento cuarenta años. Bajo unos raídos vestidos, con un negro pañuelo sobre sus largos y blancos cabellos y dejando que todo su cuerpo descansara sobre la seca y dura rama que la servía de cayado, era materialmente imposible que alguien pudiese adivinar el gran peligro que ella representaba, especialmente cuando, como en aquel preciso momento, le dominaba un odio de proporciones infinitas.

No obstante, a la espera del momento más lujurioso de la fiesta que celebraban sus enemigos, se sintió atraída por el tañido de un arpa y por una voz masculina que cantaba a los amores imposibles de una alondra y de un ruiseñor. Escuchando el canto embriagador, la caricia que su corazón estaba recibiendo cual gotas de un rocío inesperado, se dio cuenta de que había venido a ocultarse en un cuidado jardín, que no había visto antes debido a la espesa oscuridad de la noche; pero que sí percibió por el aroma de las flores y por el susurro del viento entre los rosales y demás arbustos portadores de una belleza natural.

Hasta tal extremo llegó su asombró, que no dudó en aplazar la venganza, durante unos minutos, para encontrar la explicación de aquella singularidad tan desconcertante. No tardó en verse muy cerca de Arnaldo, el hermosísimo poeta, al que no quiso interrumpir hasta que la balada se apagó con la dulce entonación de la última estrofa.

—Trovador, estoy comprobando que eres real y no una quimera nacida de lejanos recuerdos de mi juventud —dijo la bruja Gruzelda, haciendo su aparición en el cenador del príncipe—. ¿Cómo es posible que tú puedas sobrevivir en este castillo que se ha edificado con sangre, miedo, odio y tanta violencia?

—¿Quién eres, anciana? —preguntó Arnaldo, sin sorprenderse.

—Soy la venganza y la ira de las palabras que nadie puede desoír cuando son proferidas como flechas envenenadas.

—Hablas igual que los códices de guerra, tu porte me revela que no necesitas ese cayado, y veo que la arrogancia de tu mirada no se halla en consonancia con las ropas miserables que vistes. ¿Cuál es la recompensa que pretendes obtener con tu disfraz?

—Deja que la respuesta te la brinden posteriores acontecimientos, de los que oirás hablar durante muchísimo tiempo. Ahora permíteme que alabe tu comportamiento, aunque no ablandará el mío, porque mereces todos mis respetos. En este infierno de violencia, donde la mugre y la ignorancia conceden títulos y coronas, te encuentras tú, ángel irreal, fuera de la época, ya que cantas a las aves y a la belleza, tan escasas por estos parajes, negándote a aceptar las más bajas pasiones, aunque ellas generen cientos de injusticias y de asesinatos.

—Soy demasiado débil para hacerme adalid de una causa imposible como la que tú me estás describiendo. Vete de aquí anciana de lengua apocalíptica, y deja que las artes de la música y de la poesía sigan dando a este lugar su carácter de templo de la sensibilidad.

—Supongo que debes ser el hijo del rey cuando se permite esta excepción en el castillo. Por eso te anuncio que ya no podrás vivir ajeno a los demás... Sé que no me crees, porque habitas en otro mundo, el cual es pura fantasía no terrenal. Quizá nos parezcamos algo en eso, en lo irreal... ¿Sabes que hace unos treinta años yo me enamoré de un hombre como tú, a pesar de mis cientos diez inviernos de entonces, y me hice tan joven que hasta llegué a parir el fruto de nuestra sublime pasión? Luego perdí todos mis poderes de bruja... Porque yo soy una bruja, ¿sabes? Sólo hace unas horas, en el instante que el odio inundó de veneno la negra savia de mi cuerpo, he vuelto a ser la terrible amenaza de antaño... Bueno, bellísimo e incrédulo jovenzuelo, ya veo que no me escuchas. ¡Quédate aquí, en la antesala del teatro del horror, pues la cólera no me permite aplazar ni un segundo más mi venganza!

Al mismo tiempo, en el inmenso comedor real, se estaban consumiendo cientos de quintales de vaca, cerdo, carnero y venado, así como las glotonas gargantas aliviaban sus tragaderas con decenas de tinajas de vino, hidromiel y espesa cerveza.

Tamaña comilona contaba con la lujuriosa compañía de veinte docenas de muchachas desnudas, la mayoría de las cuales ya habían conocido el vigor sexual de hasta cuatro de aquellos leones de la guerra. Por eso no dudaban en bailar encima de las mesas, dejándose besar por las barbas grasientas, manosear por los dedos repletos de aceites y restos de alimento o se convertían en recipientes, donde los más lascivos no vacilaban en comer, en beber y en gozar de la forma más salvaje.

Toda esta masa de bestias humanas se encontraba borracha, enloquecida. Sin embargo, cuando la colérica bruja se plantó en medio de la gigantesca «U» invertida que formaban las mesas, alzando los brazos y gritando, ni uno solo dejó de sentirse como si le hubieran arrojado a un lago de aguas a punto de convertirse en hielo.

—¡Oídme, basura! ¡Oíd la venganza de una madre que no parió a Zorcano, su único hijo, a los ciento diez años para que vosotros se lo arrebataseis con la muerte sin juicio! ¡Yo os maldigo, bastardos de la violencia y de la ignorancia! ¡Por eso os anuncio que pereceréis, cada uno de vosotros, de la forma más cruel que podáis imaginar! ¡Ahora seguid comiendo y gozando, porque todavía os quedan unas horas de normalidad!

Mientras la totalidad de los comensales y de las rameras seguían paralizados por ese horror que se había sobrepuesto a la locura de los instintos, sólo Conrado de Weiser logró reaccionar de una forma defensiva. Saltó en busca de una ballesta y de una flecha, que montó en la posición de tiro a pesar de que sus nervios carecían de la habitual serenidad. No obstante, al ir a disparar el mortal acero, se quedó inmóvil, atónito, debido a que la bruja se acababa de transformar en una urraca, que ya se alzaba con un vuelo rápido en dirección a uno de los ventanales, sin dejar de reír de una manera escalofriante.

Desde aquel momento concluyó definitivamente la cena-orgía. Porque debían ser los sabios y los eclesiásticos quienes formulasen las siguientes palabras. Todos éstos se reunieron con Rodorico, su monarca; sin embargo, después de largas horas de discusión, únicamente pudieron decidir que se representara una farsa, mediante la cual se ocultaría el desconocimiento que se tenía de la magnitud de esa amenaza a la que iban a enfrentarse. Porque no les cabía la menor duda de que la vieja que había aparecido en el comedor, dejando el azufre de sus palabras antes de transformarse en urraca, era una bruja auténtica.

A la mañana siguiente, se celebraron varias misas de desagravio por los excesos de la cena-orgía, se realizaron los convenientes exorcismos y todos los hombres y mujeres aceptaron someterse a una dura penitencia.

Días más tarde, el riente y triunfal ejército abandonó el castillo para entregarse a una larga temporada de guerras y saqueos. Éste era el «trabajo» que imponía la tradición.

Pero fue derrotado sorprendentemente en su primer enfrentamiento bélico, pese a que el enemigo era muy inferior. A la vez se produjo una circunstancia que nadie pasó por alto: la más leve herida de cualquiera de ellos se convertía en una infección gangrenosa, para la cual no existía un remedio conocido. De esta forma murieron, después de una agonía demencial y aulladora, más de trescientos hombres. Entonces acabaron las risas y las esperanzas de triunfo de los guerreros de Weiser, al haberse hecho realidad la venganza de la bruja, sin que hubieran servido como escudos las misas y los exorcismos.

Cuando la noticia de esta inconcebible tragedia llegó al castillo, el rey Rodorico exigió de nuevo que se reunieran el consejo de sabios y eclesiásticos, todos los cuales volvieron a demostrar su incompetencia frente a un maleficio de aquella índole. Pero dos de ellos pretendieron obtener provecho del desconcierto de los demás. Sin embargo, luego de aconsejar que se entregaran altos donativos a la iglesia y a los pobres, que ambos se cuidarían de administrar, no supieron demostrar de una forma y convincente la seguridad de los resultados. De esta forma se acabaron siendo ejecutados allí mismo: ocho dagas se hundieron en el vientre del obispo, y el mismo número de aceros atravesó el pecho del tesorero mayor. Con esta nueva muestra de crueldad se dejó clara la indefensión de los verdugos.

Lo extraño fue que ninguna de las dos víctimas murió en el acto, como debía haber sucedido normalmente, sino que cayeron en el suelo, retorciéndose al verse sometidas a una agonía de alaridos, vómitos de sangre y carnes corrompidas, que se prolongó por espacio de veinte horas.

El rey y sus consejeros habían pretendido que las ejecuciones sumarísimas no transcendieran, algo que resultó imposible por culpa de unos gritos que llegaron hasta el más lejano y profundo rincón de la fortaleza.

Preñados de terror, buscando enemigos en las sombras y hasta en las acciones más extrañas de sus familiares, resultó lógico que los acosados descargasen sus represalias sobre Arnaldo, debido a que era el único que se mantenía ajeno a la maldición de la bruja.

—¿Cómo te atreves a seguir cantando y riendo cuando todos sufrimos las más injustas calamidades? —preguntó el monarca, sintiendo por primera vez que había sido muy blando al permitir la existencia de aquel hijo «tan diferente».

—Siempre he vivido lejos de vuestros asuntos, padre. ¿Por qué he de cambiar una conducta que en nada os perjudica?

—¡Claro que nos perjudica, «mujerzuela»! —exclamó el cardenal, señalando a Arnaldo con sus dedos sarmentosos, y rojo de una ira exterminadora—. ¡Tú eres la cizaña que el amor equivocado de tu noble padre no supo arrancar a su debido tiempo! ¿Cuándo se ha visto a un noble que sepa leer, cantar, escribir poesías... y hasta que se lave todas las mañanas? ¡Naciste del vientre de una reina para adiestrarte en el manejo de la espada, del caballo y de los hombres; pero has preferido aprender las artes de los pícaros y de los vagabundos! ¡Mientras tu hermano no se quita la armadura durante semanas, porque los piojos y la mugre endurecen la piel del héroe, tú buscas el enfermizo deleite del agua, el jabón y los perfumes! ¡Eres la aberración, el tumor que debe ser sajado de inmediato!

—¿Por qué, señor eclesiástico? Ya mostré mis «diferencias» al cumplir los cuatro años. Entonces se me hizo sufrir mil tormentos, la mayoría salidos de su iluminado magín, con el fin de «endurecer» mi voluntad. Pero, al final, se decidió que yo no tenía cura y que, como se impone a todo aquello que avergüenza, se me ocultara en el ala menos frecuentada de este castillo. A lo largo de dos décadas he cultivado mi espíritu y mi sensibilidad, sin hacer daño y sin procurarme amigos o simpatizantes. Amo la palabra, la imaginación y la naturaleza. ¿Se puede considerar que peco al alimentar estas pacíficas aficiones? ¿Acaso vais a atreveros a decirme, como aquella terrible bruja, que soy algo irreal...?

—¿A qué «terrible bruja» te refieres? —bramó el rey la pregunta, levantándose del trono y temblando de rabia...

—A una que llegó a mi cenador hace unas diez noches...

—Entonces Arnaldo tuvo que callarse, porque estaba viendo la violenta reacción de su padre, al que preguntó sin poder entender lo que ocurría—: ¿Por qué estáis arrojando espuma por la boca...?

—¡Mi hijo la vio... y no nos previno...! ¡Maldito... Maldito seas... Maldito... Aagg...!

—¿Cómo iba a hacerlo... y en base a qué acusación...? Padre, ¿qué te sucede...? ¡¡Por favor, haced algo por él!! ¿Es que no veis que se está ahogando...?

Los gritos del «hijo débil» no lograron que reaccionasen aquellos que ya se encontraban dominados por la fatalidad. Además todos consideraban que el monarca se había hecho merecedor del castigo por permitir la existencia en el castillo de un afeminado.

Al mismo tiempo, el viejo señor de aquellas frías piedras y de los no menos gélidos hombres se retorcía en el suelo. Presa de un mortal ahogo y con la boca llena de espuma. Pero, a pesar de este castigo insufrible, aún le quedaron fuerzas para hacer patente su rechazo a toda posible ayuda de su hijo cuando le vio agacharse para socorrerle:

—¡¡Nooo... Nooo...!! —susurro con un ronco estertor nacido de sus infectadas cuerdas vocales.

Al momento varios soldados apresaron el cuerpo del gimiente poeta, para sacarlo de allí a rastras, sin dejar de propinarle un sinfín de patadas y puñetazos.

La agonía del rey Rodorico se prolongó durante cuatro días y cuatro noches, sin que nada consiguieran los médicos en sus múltiples empeños de quitarle la vida en vista de que eran infernales sus dolores y el aspecto de su cuerpo: una gangrena iba devorando lentamente la piel, la carne, los músculos y los huesos, hasta convertirlos en una inmensa purulencia, en la que bullían y engordaban millares de gusanos.

Y apareció el comportamiento incomprensible, demencial, del agonizante. Porque el cuerpo gangrenoso, casi el de un leproso en la última fase de la putrefacción, encontraba fuerzas para incorporarse en la cama, luego para arrastrarse por el suelo y, finalmente, para arrojarse sobre la mujer que se hallaba más próxima. Queriendo violarla con la desesperación del macho en celo, que siente más necesario el placer carnal que el agua, la comida o la paz de espíritu que corresponde a los moribundos.

En medio de los dolores más espantosos, con las carnes y la piel cubiertas de llagas repletas de pus y gusanos, el rey Rodorico buscaba la posesión de las hembras igual que las limaduras corren a pegarse a los brazos del imán.

Y cuando se prohibió que fémina alguna entrase en los aposentos reales, debido a que el agonizante había conseguido violar a más de cuatro damas, una de ellas en avanzado estado de gestación, se forzó al desenlace final. Y es que la necesidad enloquecida de la satisfacción, había llevado al monarca a arrastrarse por las estancias cercanas a la suya, en busca de una mujer.

Su muerte resultó tan indigna, que los eclesiásticos estuvieron a punto de no administrarle la extremaunción por «endemoniado». Sin embargo, después de muchas discusiones, se prefirió imponer penas de muerte y de excomunión a todos aquellos que hubiesen contado la agonía, infecta y pecaminosa, del personaje más importante del castillo de Weiser. Se prefirió decir que Rodorico «era merecedor del honor de unas honras fúnebres solemnes», con la unción de los óleos que se otorgaban a todo monarca que había «llevado una existencia repleta de santidad».

Días más tarde, el fiero Conrado llegó al castillo para presidir el entierro de su padre. Acababa de sufrir una segunda derrota incomprensible, a consecuencia de la cual perdió a otros trescientos hombres, cada uno de los cuales falleció después de una agonía interminable. Hasta los enterrados permanecieron gimiendo debajo de la tierra. Esto no fue obstáculo para que a Conrado se le proclamara el nuevo rey de Weiser.

La primera orden que dio fue el destierro de su hermano, luego de cubrirle con la mortaja del desprecio y amenazar con el castigo de la horca a todo aquel que se atreviera a darle cobijo o a mostrarle el más mínimo afecto. De esta manera justificó su decisión:

—¡Es la condena que merece un parricida! ¡Vivirá en la más absoluta soledad, ya que su rechazo de las costumbres de los hombres verdaderos le llevó a no querer prevenirnos de la presencia de esa bruja endemoniada..., y a provocar la muerte del llorado Rodorico, mi noble padre!

El poeta fue conducido al bosque, donde se le abandonó sin ninguna provisión de agua y alimentos. Al principio, él continuó queriendo convencer a sus vigilantes de que era víctima de una errónea interpretación de los hechos; luego, suplico que no se le dejara lejos del jardín y de sus instrumentos musicales. Hasta que abandonó las suplicas al entender que todos sus esfuerzos por ser comprendido ya eran inútiles.

Una vez que se halló en medio de la penumbra de unos parajes desconocidos, los ojos se le llenaron de lágrimas, y la desesperación le hizo creer que jamás conseguiría sobrevivir. Pero, con la llegada del alba, el estallido de la vida que representaba la Naturaleza en los últimos días de la primavera, modificaron por completo su talante. Siempre había amado las flores, los árboles, los animales y el aire libre. Por eso dejó que una urraca se acercara a sus pies; y al ver que este negro pájaro de brillante plumaje no dejaba de mirarle, le tendió la mano para que se posara en la palma abierta; luego, le permitió que saltara a uno de sus hombros, de donde pocas veces se separaría en el futuro. Entonces se hizo este pensamiento:

«¿Dónde encontraré mejor mundo para mi felicidad si estoy en el universo real y no en el reducido teatro casi artificial, que suponía el espacio que se me había concedido en el castillo? Al menos aquí me veré lejos de la incomprensión humana.»

Cuarenta y ocho horas más tarde pudo convencerse de que se hallaba en un ambiente ideal, donde su supervivencia y el goce artístico eran posible. Gracias a su cultura y a su habilidad manual, no le costó encontrar los elementos para fabricar la tinta y la pluma, una corteza en la que escribir sus poesías y hasta los maderos y los juncos suficientes para construir un tosco instrumento musical. Como si la presencia de la urraca, siempre sobre uno de sus hombros, le diera unos ánimos que no dejaban de sorprenderle.

También se cuidó de su cuerpo al proveerse de hojas secas y de otros elementos vegetales, que le proporcionaron abrigo y lecho durante las frías noches. Su comida se ciñó a las bayas, moras y otros frutos silvestres, porque le horrorizaba matar a cualquier animal aunque fuese para ampliar la variedad de sus alimentos.

Una tarde que acaba de salir del río, luego de uno de sus frecuentes baños, se vio ante una joven de una belleza deslumbrante, tan desnuda como él, que le tendía sus brazos amorosamente. No lo dudó. Desconocía el contacto físico con mujer, aunque lo hubiese leído y soñado, por eso debió ser entrenado por quien era algo más que un hada generosa. Satisfacer la pasión y brindarla pronto se hizo tan real para él como el mismo hecho de vivir en el bosque, sin que le importara que en ocasiones, cuando el encuentro carnal se alargaba durante horas, aquella criatura brotada de los rayos del sol o de las matas de flores más hermosas, recobrase la forma de urraca en una lenta transformación, casi similar a los largos atardeceres, cuando se diría que la luminosidad del día se niega a dar paso a la noche por clara que ésta sea.

—Lástima que ya no pueda ser sembrada por ti, mi amor —dijo Gruzelda, sin pena, la única vez que utilizó la voz para comunicarse con el bello poeta—. Pero nadie podrá destruir nuestra unión. Como no tendremos descendencia, seremos tú y yo los que perduraremos por los siglos...

Al mismo tiempo, en el castillo de Weiser la muerte gangrenosa seguía cebándose en sus habitantes, con lo que los alaridos sobrehumanos, las agónicas convulsiones y los estertores de los que exigían que se les diera muerte de una manera fulminante se convirtieron en el único sonido que allí se podía escuchar.

No obstante, la necesidad sexual de los moribundos se hizo más insufrible que la purulencia y los gusanos que se cebaban en sus cuerpos. Porque esta «necesidad» era otro castigo de los impuestos por la bruja Gruzelda. La mujer embarazada, a la que el rey Rodorico poseyó durante los últimos días de su enfermedad gangrenosa, había parido una criatura deshecha por la infección y, después ella misma fue víctima de la misma epidemia, de ese retorcerse en aullidos de dolor, suplicando la propia muerte, encadenada a un terrible alargamiento de su agonía.

Lo único que se pudo hacer fue prohibir que mujer alguna se acercara a los moribundos. Pero la «necesidad sexual» de éstos halló infinidad de recursos para burlar toda vigilancia y superar cualquier barrera. Ya que cada uno cumplía la «obligación» de extender la ponzoña infecciosa de la que era portador. Dado que la maldición de la bruja era una realidad indiscutible e inevitable, las jerarquías eclesiásticas, militares y civiles decidieron poner a salvo a Conrado, su joven monarca, antes de organizar el definitivo abandono de aquel lugar infecto.

Se le hizo partir a la pequeña fortaleza de Names, donde esperaría la pronta llegada de Berenilce, la princesa que iba a ser su esposa. Porque la boda tendría que acelerarse, con el fin de que el heredero del trono de Weiser fuese engendrado en un vientre al que no afectara la maldición de la bruja.

Dos emisarios partieron a entrevistarse con el rey de Burdoes, el cual, desconociendo la tragedia que asolaba el castillo de Weiser, se dejó cegar por el cofre repleto de oro que se le regalaba.

A las pocas fechas, partió la numerosa comitiva de la novia, yendo ésta en un palanquín protegido del sol con sedas y damascos y tirado por seis caballos. Era la doncella más hermosa del continente, por eso le habían cantado cien trovadores y la dominaba el engreimiento y la coquetería propios de la bella que únicamente vivía para el cuidado de su físico.

Pero quiso el destino que, en una de las paradas de avituallamiento, a la hermosa le llegase el canto de Arnaldo. Se hallaba éste muy distante, lo que no impidió que unas ráfagas de viento llevaran el sonido melodioso y acariciador a los oídos de quien gustaba del arte de la música.

—¿Dónde vais tan presurosa, señora, que hasta olvidáis a vuestras amas? —preguntó la más importante de éstas, sin ocultar su disgusto.

—Parece que anda un trovador por aquí cerca.

—«Ese trovador» nunca cantaría a vuestra belleza, como anheláis. ¡Es un parricida que ha sido arrojado a este bosque por vuestro futuro esposo! ¡Nadie puede verle ni hablarle y mucho menos una princesa como vos!

—¿Cómo se llama el cantante y por qué no ha sido ahorcado como correspondería a un villano? ¿Acaso es de noble cuna?

La vieja ama contó todo lo que sabía, pero sin hablar de la peste gangrenosa porque lo ignoraba, procurando cargar las tintas con el fin de apagar el repentino entusiasmo de su joven señora. Lo consiguió de una manera rápida y efectiva, aunque fue incapaz de impedir que quedara un poso generador de futuros recuerdos.

La boda del rey Conrado de Weiser y la princesa Berenilce de Burdoes se celebró en una ermita, la ofició un simple sacerdote y los invitados fueron los mínimos. Esta huida del boato, la aparatosidad y las multitudes alarmó profundamente a la joven coqueta, a pesar de que se la había explicado que la reciente muerte de las dos más altas jerarquías religiosas del reino aconsejaba la moderación y la sencillez.

Claro que ella era una yegua en celo, repleta de una sensualidad gozada a través de la imaginación, por eso no tardó en volcar todo su ser y su voluntad en lo mucho que aquella noche le aguardaba. Al principio fueron cálidos y brutales los brazos que la acogieron, devoradores los besos que vistieron de ardores toda su piel, y abrasadora y honda la espada carnosa que la llenó. Después, apareció el dolor y una sensación de sometimiento muy distinta a todo lo anhelado. Se notó avasallada, desnuda y vencida; pero no le quedó el recurso de la protesta, debido a que se hallaba completamente dominada. De pronto...

Unos alaridos de muerte atravesaron las puertas del regio dormitorio. Conrado de Weiser se aupó en el lecho y volvió la cabeza, adivinando lo que estaba sucediendo.

Entonces Berenilce pudo saltar al suelo, una vez se vio libre del peso que la inmovilizaba. Se vistió con rapidez e intentó ir en busca de una respuesta. Sin embargo, su marido la detuvo con unas palabras torpemente amorosas:

—¿Qué nos importa a nosotros, señora mía? Volvamos a gozar de esta noche única...

—Pero ¿no escuchas a esos desgraciados? ¡Se diría que las alimañas están devorando sus vientres!

Eran gusanos los que se cebaban en los cuerpos gangrenados de los dos vigilantes. Ambos se habían desplomado en el suelo, heridos por unos dolores repentinos e insoportables y, al llevarse las maños a las zonas dañadas, se encontraron con la purulencia y con esos bichos diminutos y repugnantes que se alimentaban de lo corrompido.

Por eso la joven Berenilce se quedó anonadada ante un espectáculo tan pavoroso; y a punto estuvo de caer desmayada. Pero la sostuvo en pie el rostro desencajado del montero mayor, cuyos ojos desorbitados, su boca jadeante, unida a la crispación que mostraban sus manos y su agitado respirar, denunciaba que venía a comunicar un horror superior al que ella y su marido acababan de presenciar.

—¡Majestad, majestad... Sobre el castillo ha terminado por desatarse la peste gangrenosa! ¡Nadie sabe qué hacer! ¡Se han levantado el puente levadizo y el rastrillo para que escapen los supervivientes... Pero éstos se niegan a abandonar a sus familiares y amigos, a pesar de que los están viendo agonizar en medio de esa locura carnal... Como nadie cuenta con un eficaz remedio contra la maldición de la bruja...!

—¿De qué estáis hablando, señor de Layoz? —preguntó la reina de Weiser, empezando a comprender que había sido víctima de un terrible engaño.

—Querida esposa, tranquilizaos... —La confusión de Conrado era evidente; a la vez, sus pupilas daban cobijo a un horror retenido, que no le impidió seguir hablando—: Ya os lo contaré todo más adelante... Ahora, ¿os importaría dejarnos solos, señora mía?

Las últimas palabras del fiero guerrero tuvieron su continuación en los ayes agónicos de los moribundos vigilantes. ¡Además, la reacción de éstos fue la de arrastrarse en busca de Berenilce, de cuyas largas ropas tiraron lujuriosamente!

—¡¡Pero... ¿Qué..? ¿Qué es esto...?!! —gritó la reina, aterrorizada.

Momento en el que su esposo desenvainó la espada del señor de Layoz, su montero mayor, para comenzar a descargarla salvajemente sobre los cuerpos que se retorcían por el suelo. Tuvo que masacrarlos materialmente, cortándoles los brazos, las piernas, la cabeza y el tronco en múltiples fracciones, porque todas parecían no querer alejarse de Berenilce. Ya que la sola idea de que ésta, la joven y hermosa princesa que debía proporcionarle un hijo fuerte y lleno de salud, pudiera verse infectada le había transformado en una máquina aniquiladora.

Luego, una vez conseguido su propósito, se enfrentó a la muda pregunta de su esposa, a la que dijo:

—Eres demasiado bella e inocente, querida... Yo no podía consentir que te tocasen... ¿Verdad que lo comprendes?

Ella se había quedado sin palabras. Prefirió volver al dormitorio, porque necesitaba ordenar sus ideas. Una vez cerró la puerta, se sintió empujada a la huida, debido a que en ningún momento había cesado de escuchar los lamentos agónicos de los vigilantes, ya que seguían incrustados en los oídos de su mente. Pero al comprender lo difícil que le sería escapar de la fortaleza se entregó a pensar en el engaño que la había traído a un reino infectado por la peste... ¿Estaba atrapada en aquella repugnante prisión?

Sus lógicos razonamientos la llevaron a deducir que la rapidez de la boda, la sobriedad de la ceremonia y el hecho de que estuvieran viviendo allí, en lugar de en el castillo de Weiser, obedecía que ella debía proporcionar un heredero sano.

—Es posible que el fermento de esa criatura, de mi futuro hijo, ya se encuentre en el interior de mi vientre —se dijo, asustada—. Por lo mismo..., ¿no me veré atacada por esa horrible enfermedad de la que se me ha querido mantener ignorante?

Pese a sus diecisiete años, la reina conocía la política y las astucias de las cortes medievales, gracias a que había contado con los mejores profesores desde el mismo instante que se supo que su gran belleza y limpieza de sangre le concedían el derecho a ser apetecida por los reyes más poderosos del continente. Conrado de Weiser había contaba en este grupo reducido, pero debieron separarle del mismo por culpa de la peste gangrenosa.

A lo largo de los días siguientes, la astuta reina supo informarse amplia y sagazmente de todo lo que había sucedido en la región. También se cuidó de organizar su escapatoria, porque anhelaba poder eliminar la ponzoña que pudiera anidar en su cuerpo. Mientras tanto, no dejaba de recibir noticias de las nuevas muertes que se iban produciendo: de los cinco mil habitantes del reino ya sólo sobrevivían unos mil ochocientos.

Aquella madrugada las gentes que eran fieles a Berenilce consiguieron llevarla a las caballerizas de la fortaleza, desde donde a ella le resultó muy sencilla la huida. Se hizo acompañar por dos guías, en especial por uno que conocía a la perfección el bosque. Ya que la reina necesitaba seducir a Arnaldo, para que la savia regeneradora de éste, propia del hijo de un rey y hermano del que le había inoculado el veneno en el vientre, le permitiese parir un hijo sano. Había llegado a tales extremos su desesperación, que esa conjetura demencial le resultaba lógica, tanto como para obsesionarle el hecho de hacerla realidad.

No le resultó complicado localizar al poeta, debido a que de nuevo le llegó su canto con las ráfagas de viento. Se aproximó sin ningún tipo de compañía. Pronto comprobó que el parricida era guapo, joven y parecía algo tímido. Por eso se exhibió ante él, empezando a desnudarse. Quería provocarle el deseo carnal. Pero Arnaldo prosiguió con su papel, igual que una flor que nunca puede devolver la admiración y la pasión que despierta. Sobre todo porque su único amor estaba posado, bajo la forma de urraca, en una rama próxima.

Berenilce se sentó al lado del hombre cargada con toda su sensualidad; y completamente desnuda. En seguida se entregó a retirar las raídas vestimentas masculinas. Tardó muy poco en convertir a Arnaldo en un Adán en el paraíso; luego, se entregó a besarle y a acariciarle el cuerpo. Cada vez se notaba más excitada.

Pero la respuesta del poeta no pudo mostrar una mayor frialdad e indiferencia. Esto supuso que ella tuviera que echarse materialmente sobre él, sin que esta iniciativa fuese correspondida con un gesto o una palabra del impasible Arnaldo.

—¿De qué estás hecho tú, infeliz, que el poder de tu noble sangre y la pasión de mujer no te despiertan ningún interés?

Esperó una respuesta, convencida de que sus palabras deberían encender los últimos rescoldos de la fogata de la hombría; sin embargo, el silencio del poeta fue para ella la respuesta más desalentadora.

De repente, brotando de las entrañas de la venganza, apareció Conrado de Weiser blandiendo su espada exterminadora. Para su mente violenta la escena no merecía otra interpretación que el adulterio. Por eso arrancó a su esposa del fallido encuentro sexual, dispuesto a asestar el tajo de muerte sobre su hermano.

No obstante, desde un cielo sin nubes, fue descargado un rayo cegador, que al tomar contacto con el arma pareció haberla devuelto a la fragua donde fue templada, para, de inmediato, derretirla hasta hacerla cenizas en el momento que tocó la fresca hierba del suelo.

—Nada os he hecho a vosotros dos —se lamentó Arnaldo—; pero ya veo que ni en el bosque me dejaréis vivir en paz. Ahora alguien ha detenido tu ataque injusto, lo que no frenará en ti el deseo de querer matarme. De no conseguirlo tú, detrás vendrán otros y otros, hasta que uno me sorprenda... —En aquel momento se volvió hacia donde se encontraba la urraca, a la que dijo—: ¿No te parece que ha llegado el momento de que encontremos la manera de perpetuarnos libres de la amenaza de la incomprensión humana?

De repente, el atónito y frustrado verdugo, sosteniendo la mano que le había sido abrasada, pudo asistir, junto a su desesperada esposa, a un prodigio sobrenatural: Arnaldo de Weiser, el poeta que amaba las Artes y la Naturaleza, se estaba convirtiendo en un árbol de tronco grueso e indestructible, el cual quedó provisto de unas ramas cargadas de hojas, las cuales se abrieron para formar una copa majestuosa.

Al mismo tiempo, la pareja de seres carnales retrocedía en un inútil deseo de escapar de allí, aterrorizados, sin creer lo que estaban contemplando. Pero cayeron en una ciénaga purulenta, abrazados y poseyéndose brutalmente, en un rabioso deseo de infectar al otro. A la vez que se hundían en un fango repleto de gusanos, gritaban como dementes entregados a un delirio mortal. Por eso fueron incapaces de contemplar el vuelo rasante de una urraca, que no cesaba de reír diabólicamente...

Cuenta la leyenda que la urraca instaló su nido en la más íntimo del hermoso árbol, dando a pie a un encuentro que ha perdurado a lo largo de más de siete siglos. Por lo que aún hoy día la urraca y el árbol, o Arnaldo y la bruja Gruzelda, deben seguir gozando de su amor en el corazón de algún bosque, uno de los menos frecuentados de la Europa central.

Cabezas decapitadas

Victoria Robbins

Victoria Robbins nació en Londres el 4 de abril de 1952. Adolescente en tiempos de Los Beatles y la minifalda, llegó Ibiza con los hippies. Muchas aventuras para una mujer de naturaleza tranquila, que sentó la cabeza al decidir tomar las playas de Valencia como su residencia habitual, sobre todo en Tabernes y en Gandía. Comenzó a escribir en diferentes revistas de su país, hasta que la publicaron algunos cuentos eróticos en distintas publicaciones de Madrid y Barcelona.

Sin embargo, lo suyo es el dibujo y la ilustración, a pesar de que no le gusta firmar sus obras. Mientras realizaba unos bocetos para la desaparecida «Bruguera», uno de los asesores literarios le sugirió que escribiera relatos fantásticos. Esto supuso todo un acierto, debido a que Victoria ha colaborado desde entonces, como guionista, en algunos de los más importantes canales ingleses de televisión. Pero nunca ha dejado el dibujo y otro tipo de ilustraciones, como con las que se adornan los vestidos y bañadores. Dado que de cuando en cuando le gusta seguir escribiendo, ha realizado dos libros de Enigmas *para nuestra Editorial. Y luego de tenerle que rogar lo nuestro, conseguimos que nos cediera los derechos de este relato que publicamos a continuación....*

Nadie hubiera supuesto que aquellos siete personajes sentados alrededor de la larga mesa de banquetes se pudieran considerar los seres más depravados del mundo. Porque todos ellos ofrecían un aspecto elegante, su físico mostraba algunas de las cualidades que merecen el calificativo de bellas y la seriedad de sus expresiones resultaba la adecuada en unos comensales que se disponían a protagonizar un encuentro escasamente festivo, aunque tenían delante sendas bandejas de plata, vacías, que no parecían estar esperando recibir unos manjares.

Sólo fijándose en el opaco reflejo de las catorce pupilas se llegaba a intuir, vagamente, la cualidad excepcional de unos pensamientos en ebullición. Porque, a pesar de la quietud de sus cuerpos, la agitación tumultuosa de sus mentes casi generaba un sonido audible.

La estancia se hallaba decorada con una sobriedad medieval, ocho siervos encapuchados esperaban en las dos enormes puertas cerradas, más allá de los lóbregos vitrales aguardaba la noche, y en lo alto de la bóveda del techo pendían un falo humano gigantesco en erección de cuatro metros de longitud, una vagina abierta no menos descomunal y la cornamenta del Rey de las Tinieblas de la Lujuria que, en el centro de las dos representaciones anteriores, las dominaba.

La persona que presidía la mesa se llamaba Gerard Vintras, vestía un *smoking*, igual que los otros tres hombres que le estaban contemplando, y su camisa y su corbata eran de un rojo intenso, mucho más oscuro en esta segunda prenda con el fin de que destacase sobre las otras. Sus cabellos aparecían largos y lacios, su nariz grande, sus labios excesivamente delgados, la piel de sus manos ofrecía una tonalidad blanco azulada y su barbita y bigote se exhibían perfectamente recortados. Ocupaba una silla impresionante de madera gruesa y negra, cuyo alto respaldo sobrepasaba su cabeza para dejar al descubierto la talla del pentagrama del *Símbolo de Bafomet*, el diablo adorado por los templarios.

Una cruel sonrisa alteró la horizontalidad de la línea de su boca, sus ojos parecieron saborear la expectación de los seis individuos que le estaban mirando y, al fin, comenzó a hablar:

—Voy a olvidar toda la terminología ritualizada con la que siempre nos hemos comunicado los miembros de la *Orden de los Diablos Lujuriosos de Oriente*. Porque os he sentado alrededor de esta mesa para juzgar vuestro comportamiento durante los últimos meses: ¡no ha podido ser menos respetuoso con la *Norma Escarlata!* Empezaré por la Bruja

Marian, Gran Sacerdotisa de nuestra *Orden,* a la que creí una sucia vagina infestada de los más repugnantes humores, capaz de comunicar el Orgasmo Mental con su sola presencia y de dirigir las *Misas Negras.* ¡Pero ha vendido sus preciados tesoros al vil hechizo del dinero! ¡Por un puñado de libras esterlinas acaba de entregar a un editor avispado un libro, en cuyas quinientas páginas nos convierte a todos en simples payasos! ¡SÍ, EN PAYASOS DE UNA RAMPLONA CODICIA!

—¡Estáis equivocado, Maestro! —exclamó la acusada, más blanco su rostro que la túnica que vestía.

—¡Calla, maldita pécora de vigésima fila!

La voz de Gerard Vintras no había sido alta; pero su impacto emocional incrustó a la joven rubia materialmente en el respaldo del asiento; a la vez, sus ojos azules se hicieron acuosos, su recta nariz aleteó en las uniones con el labio superior y sus senos de pezones siempre erectos redujeron a la mitad sus volúmenes. Porque el miedo la había sumido en un singular estado de frigidez.

—Llevas veintinueve meses en la *Orden.* Te impusimos la obediencia masoquista con el látigo, la sumisión ninfomaníaca con el sexo, y la *Fe* con el dolor orgásmico de cuya saturación germina el Placer Supremo. ¿Qué has hecho con ese dinero que se te ha pagado? ¡CONTESTA AHORA MISMO!

La Bruja Marian desechó inmediatamente un primer impulso de mentir y, aunque no esperaba obtener una reducción del castigo al que se había hecho merecedora, descubrió la verdad:

—Se lo he transferido a mis padres por medio de una operación bancaria.

—¡Debilidad sobre debilidad en «la mujer sin piedad» de nuestra *Orden!* ¡La Vagina Perversa ha vuelto a recuperar sus sentimientos humanos aprovechando mi obligada ausencia de dos meses! ¿Has olvidado que renegaste ante *Bafomet,* escupiendo y arrojando las heces de tu menstruación sobre la fotografía de tus padres, de ese amor convencional que te unía a dos seres inferiores?

—Están enfermos y, además, corrían el peligro de perder su casa y el negocio que les permitía ir sobreviviendo... —susurró la joven en un tono apagado y con la mirada rendida.

—Como la *Orden* te ha otorgado el poder de la clarividencia, utilizaste el trance mental para visualizar a tus padres, ¿no es cierto?

—Sí...

—Eras una simple prostituta de lujo cuando te conocí. Pero ninguno de tus cientos de amantes te había brindado una velada de pasión y lujuria como la que yo te regalé en nuestro primer encuentro carnal. Luego de convertirte en mi querida, aceptaste la idea de obtener el título de Bruja de nuestra *Orden.* En cuanto superaste tu desvirgamiento satánico en la *Misa Negra,* te convertimos en la mujer más poderosa y de mayor influencia en Londres. Has hecho de espía, de conspiradora de salón y de alcahueta de los políticos más prestigiosos de Occidente. Pero no debiste traicionar la *Norma Escarlata* al vender nuestros secretos para satisfacción de la curiosidad de millones de imbéciles.

—¡Puedo detener la publicación del libro... Aún no se ha impreso! ¡Por favor, no me castiguéis...! ¡Recordar las orgías que hemos organizado y el poder que yo he brindado a la *Orden...*! —suplicó la mujer de treinta y seis años, a la que el desencajamiento propio del terror había privado de su belleza excepcional.

—¡Sólo voy a decirte que jamás tus padres hubiesen podido localizarte por sus propios medios, porque no han pasado el bautismo, dolor-placer-éxtasis-malignidad que a ti te convirtió en un Ser Supremo. Pero en las últimas semanas has demostrado que eres indigna del título de Gran Sacerdotisa... ¡Por qué no tienes cabeza! ¡Y cómo has demostrado que no te sirve la cabeza... LO JUSTO ES QUE TE PRIVE DE ELLA!

La última exclamación de Gerard Vintras se fundió con un estampido metálico y, al momento, con el chasquido de la piel, la carne, los huesos y las venas del cuello de la ex Bruja Marian al ser cercenados por una cuchilla circular salida del respaldo de la silla que ocupaba.

¡Y su cabeza decapitada cayó sobre la gran bandeja de plata situada delante del cadáver que ya sólo era un surtidor de sangre!

Una bofetada de terror conmocionó a los personajes que miraban, sin verle, al maestro de la *Orden de los Diablos*

Lujuriosos de Oriente. Y las saetas aceradas que eran los ojos de éste se desplazaron hacia el matrimonio Szandor-Levy, que se hallaba sentado a la izquierda de la ejecutada, y cuyas ropas aparecían salpicadas de rojas gotas y de algunos restos humanos.

Los afectados por el interés del verdugo reaccionaron con unos fuertes temblores e hicieron intención de abandonar sus sillas. ¡Pero del respaldo de las mismas surgieron dos abrazaderas metálicas, disparadas por otro oculto mecanismo, y se vieron sujetos a la altura de la zona inferior del pecho y por encima de los codos, inmovilizados!

—La trampa ha sido activada por vuestro propio impulso de querer escapar de una irresponsabilidad que, en este mismo instante, ya se ha convertido en algo ineludible —explicó Gerard Vintras implacable—. Ahora me dirijo a ti, el «fiel» Brujo Anton, Gran Oficiante de nuestra *Orden*, y al que concedimos el título de Falo Penetrante y de Depósito de Esperma-Lava que purifica al abrasar... ¿Cuántas eyaculaciones has gozado gracias a los privilegios que recibiste? ¿Cinco mil...? ¿Acaso diez mil en estos quince años que llevas en la *Orden*? No me contestes, porque mi memoria es más rápida y exacta que la tuya... Comiste de nuestra Ciencia como lo hace el gusano en el interior de la manzana: devorando lentamente la pulpa más exquisita y provechosa, pero cuidando de que no se manifieste su existencia en la cáscara impoluta. ¡MALDITO FARSANTE QUE HAS VENDIDO EL INFINITO POR LA GLORIA EFÍMERA DE ESA INGÉNUA FALACIA LLAMADA CINEMATÓGRAFO!

La voz del Maestro se volvió tronante, y rebotó en multitud de ecos en la bóveda de la lóbrega estancia, para desprenderse un horror tan frío como la escarcha que alfombra la tierra cubierta de muertos después de una batalla. Por eso ninguno de los cinco oyentes le replicó verbalmente, aunque el Brujo Anton abatió los párpados, se le formaron varias gotas de sudor en el nacimiento de su moreno cráneo afeitado y el pánico otorgó una débil sonoridad a su respiración nasal.

—Tu trabajo en el Servicio de Inteligencia Británico te había permitido comprobar cómo el poder de los humanos apoyaba a las religiones tradicionales —siguió explicándose Gerard Vintras—. Religiones que tienen en su cúspide un dios bondadoso y puro, debido a que éste recomienda que se oponga la mansedumbre suicida a la hipocresía que de todo sabe obtener la plusvalía del oro. Y al conocer la ideología de la *Orden de los Diablos Lujuriosos de Oriente* te uniste a nosotros, dispuesto a refocilarte abiertamente en el Mal y el Sexo sin concesiones a la piedad. Pero conociste a Julia y, desde que su cuerpo en sazón fue utilizado como ara de sacrificio en una *Misa Negra,* decidiste que no te detendrías hasta hacerla tu esposa...

—Ninguno de nosotros ha vivido en la clandestinidad... —Se atrevió a justificarse el hombre de cincuenta y seis años, aunque siguió manteniendo la cabeza baja y el temblor de sus hombros y manos—. Tú mismo aprobaste la idea de nuestro matrimonio, considerando que así resultaría más justificable mi traslado a una residencia de las afueras de Londres...

—El amor humano que sientes por ella, tan débil y absurdo, no se quebró ante su ninfomanía. Y lo mismo te has dejado convencer, hace pocas semanas, por unos cientos de miles de dólares. Ya contáis los dos con la productora cinematográfica para la que has escrito el guión del *film;* mientras que tu codiciosa mujercita pretende ser la primera actriz. ¡Estúpido sueño de infelices!

—¿Por qué nos reprochas la codicia como si no fuera una muestra más de perversión, Gerard? —protestó Julia luchando por defender sus últimas posibilidades—. ¡Yo he servido a la Orden centenares de jóvenes de ambos sexos, y hasta he aportado niños vivos para los sacrificios del Sabbat del Estío! ¡Con el dinero que nos han pagado pretendemos introducir unas mejoras en nuestra mansión..., porque pensamos seguir relacionándonos con la alta sociedad de Europa!

—¡MIENTES! ¡Ya habéis comprado los pasajes del trasatlántico en el que pretendéis fugaros con nombres supuestos! Sólo esperáis que os paguen desde Hollywood. Respecto a las aportaciones humanas que has brindado a la *Orden,* he de reconocer que todas han sido muy elogiables: vírgenes y mancebos de cerebro dúctil, a los que ha resultado fácil convertir en sacerdotisas y acólitos de *Bafomet.* También corriste ciertos riesgos al secuestrar a los pequeños. Pero nuestra recompensa no pudo ser más justa: seis y ocho orgasmos diarios, la droga que ha necesitado tu sucio cuerpo y el lujo suficiente para que satisficieses todas tus otras perversiones. Sin embargo, querías más y más... ¿No habéis pensado en llevar la *Orden de los Diablos Lujuriosos de Oriente* a California?

¿Qué ves de malo en esa empresa? —preguntó el Brujo Anton, intentando recuperar sus mecanismos de autodefensa.

—¡La traición a la *Norma Escarlata!* ¡Y la realidad de que vuestras pretensiones constituyen un sueño irrealizable: hubierais sido descubiertos por las autoridades policíacas norteamericanas ya que carecéis de los suficientes poderes para sembrar la semilla del Diablo! ¡Realmente, admitirlo conmigo, no habéis tenido cabeza...! ¡Y SI LA CABEZA NO OS SIRVE...!

—¡POR FAVOR, MAESTRO, NO NOS MATÉIS! ¡HAREMOS LO QUE QUERÁIS! ¡RENUNCIAREMOS A ESE DINERO... Y SEREMOS SUS ESCLAVOS MÁS FIELES...!

La súplica del matrimonio Szandor-Levy fue un grito desesperado, como el aullido de unas bestias arrepentidas. Sus cuellos se alargaron, bien expuestos a la cuchilla, cuya aparición tanto temían, y sus gargantas realizaron la proeza de superar el terror al ser capaces de emitir las frases sin ninguna interrupción.

—¿Quién ha decidido vuestra ejecución, hermanos dolientes? Sólo he pretendido daros una lección. ¡Porque la *Orden* todavía espera mucho de los dos! Juntos habéis sabido organizar las más rentables casas de juego, donde hipotecan sus conciencias los banqueros, los políticos, los hombres de negocios, los periodistas y todos esos otros personajes importantes que mantienen a pleno rendimiento las «calderas» de la corrupción y del tráfico de conciencias: y también habéis montado unos burdeles, en los que, además de comerciar con el Sexo, se introduce la droga en una sociedad cada vez más corrompida. Esto nos ha permitido vivir casi a la luz pública. Claro que esa película va a desencadenar una ola de protestas muy poco ventajosa para nuestros planes futuros, ahora que estamos en las puertas de la década de los treinta del siglo XX...

—¡La película no ha comenzado a rodarse! —exclamó el Brujo Anton, queriendo aferrarse a su última posibilidad de salvación.

—¡Nada más que debemos telegrafiar a Hollywood anulando el contrato que firmamos en Londres! —intervino Julia, con la expresión convulsa y los dedos agarrotados.

—¡De acuerdo, os creo! —aceptó Gerard Vintras—. ¡Pero antes de seguir con los otros invitados quiero escuchar vuestro juramento! ¡Juráis obeceder todos mis mandatos... aunque éstos llegasen a exigiros la muerte del otro!

Los dos se miraron indecisos. Sus secas pupilas, enrojecidas por la latente amenaza, tan sólo reflejaron el pavor inmenso que las dominaba. Por esta única razón se atrevieron a susurrar:

—Lo juramos...

La respuesta fue metálica: ¡porque la mentira, que los amantes habían creído necesaria, disparó el mecanismo que puso en acción las dos cuchillas circulares, ocultas en los respaldos de los asientos, cuya acción fulminante permitió que se produjera la doble decapitación!

El chasquido terrorífico de la piel, la carne y los huesos al ser cortados tuvo el acompañamiento biológico de las venas reventadas: chorros de vida expulsados hacia la nada por la decisión de una voluntad homicida que desconocía por completo la piedad.

Y con las dos nuevas cabezas caídas sobre las bandejas de plata correspondientes, los otros tres invitados intentaron huir de allí, aunque sabiendo lo que les esperaba.

No se equivocaron en sus temores: ¡volvieron a aparecer otras abrazaderas, que los inmovilizaron de la misma manera que al matrimonio Szandor-Levy! También habían sido salpicados por el líquido vital de la pareja que acababa de ser ejecutada por el Maestro.

—Es tu turno, Oficiante Sandroz... ¿Por qué tiemblas como si estuvieras sufriendo los primeros síntomas de un ataque de epilepsia? ¿Debo considerarlo una prueba de que te consideras culpable de haberme traicionado? Cálmate, te lo ruego... Quizá estés precipitando la idea de que voy a matarte de la misma manera que los otros tres. Sólo te supondría un pequeño esfuerzo dominarte... ¿Quieres que te recuerde a qué te dedicabas antes de que decidiésemos incluirte en la *Orden de los Diablos Lujuriosos de Oriente*?

El aludido apretó los labios, mordiéndose el inferior, incrustó materialmente los diez dedos de sus manos en los posabrazos de la silla, y pegó las piernas a la dureza de la madera en la que se sentaba. Su rostro aparecía cubierto de un amarillo enfermizo y sus ojos propendían a saltar fuera de las órbitas.

—Mientras consigues tranquilizar tu sistema nervioso, tus miedos absurdamente anticipados, te refrescaré la memoria. —La voz de Gerard Vintras mostraba una dulzura exagerada, mefistofélica, y en su boca se hallaba grabada la sonrisa del tirano que ha tenido a bien «ser misericordioso»—. Te conocí cuando eras un simple contable en Wall Street, por lo que vivías en un mísero apartamento del Bronx, en el Nueva York de 1919. Ya habías comenzado a deambular por las noches, asesinando prostitutas en un ingenuo remedo del supuestamente inglés Jack *el Destripador*. Nos encontramos cuando acababas de descargar el cuchillo de carnicero, ¡qué primitiva herramienta de ejecución, amigo mío!, sobre el ajado cuello de tu cuarta víctima. En aquel momento te di un susto de muerte, por lo que quisiste degollarme como a un cerdo. Pero mis reflejos eran más rápidos que los tuyos, y logré reducirte contra la pared y en medio de un sinfín de cubos de basura: ¡mísera escenografía cuando te hallabas en condiciones de exhibir tu maldad en los salones más grandiosos del mundo! No me supuso un gran derroche de razonamiento, una vez te llevé a mi piso, convencerte de que la adulación, la oportuna información perjudicial a uno o varios «terceros» y la corrupción te podían situar en lo más alto de tu profesión. Y al obedecerme llegaste a la cumbre de las finanzas mundiales. Al mismo tiempo te habías convertido en uno de los Oficiantes, tal vez el mejor, de nuestras *Misas Negras*. Porque tus dagas, las de acero, para el sacrificio sangriento, no podían ser más certeras y eficaces... Reconozco que donde te superabas era en los despachos de los grandes agentes de Bolsa. ¡Por eso fue tuyo el mérito del *crack* del 24 de octubre de 1929, en el que tu país, los Estados Unidos, pasó de la opulencia enloquecida a la pobreza del racionamiento! Claro que los cientos de suicidios que presenciaste, especialmente los de tus amigos más íntimos, te hicieron creer que te habías excedido. Y empezaste a cuestionar la eficacia de la Infinita Malignidad que supone la *Norma Escarlata de la Orden de los Diablos Lujuriosos de Oriente*...

—Yo no os he traicionado, Maestro —gritó el Oficiante Sandroz, parcialmente recuperado y tan tenso como en el momento que fue golpeado emocionalmente por la primera ejecución.

—Nadie se ha atrevido a acusarte de esa barbaridad, queridísimo amigo. Sólo he dejado patentes tus méritos y tus debilidades, lo que no presupone que hayas de ser reo de un delito tan grave. Sin embargo, veamos, ¿a cuántas familias salvaste de la quiebra al aconsejarles que convirtiesen su dinero en bienes inmuebles y en joyas en lugar de seguir especulando con las acciones?

—¡La mayoría de estos son grandes fabricantes de armas, gángsteres y millonarios que con sus negocios fomentan el ocio social y religioso! —volvió a alzar la voz quien se sentía cada vez más amenazado.

—Ciertamente. ¡Y yo aplaudo tu decisión aunque no se la hicieras conocer a la *Asamblea de los Viejos Diablos!* Bueno, dejémonos de rodeos. ¿Qué dices de la familia Hoover King? ¿En base a qué méritos permitiste que salvaran la totalidad de su fortuna?

—Pues... Yo... ¡Yo estoy enamorado de Lucas, el hijo menor! ¡Es un muchacho delicado, muy sensible y exquisito, al que la ruina hubiese llevado a la locura!

—Se habría quebrado como un caro y frágil jarrón de Sevres al ser estrellado contra el suelo, ¿no es cierto? ¡Porque el tal Lucas es un homosexual refinadísimo, una «mujercita» encantadora a la que no te cuidaste de aleccionar para que se incorporara a nuestra *Orden!* ¿Te atreves a negarlo?

—¡No..., no...! ¡Pero él ha sido mi única debilidad...! ¿Es que vais a ejecutarme por un solo error, Maestro?

—No lo llames error. ¡Ha sido una torpeza imperdonable contra la *Norma Escarlata,* que ha venido a demostrar que no tienes cabeza... ¡Y COMO LA CABEZA NO TE SIRVE, MEJOR ESTÁ DECAPITADA!

El mortal alarido del ex oficiante Sandroz taladró las paredes de la estancia mucho antes de que la cuchilla circular entrase en contacto con su cuello. Y por culpa de los ecos de su garganta casi quedó ahogado el estrépito de la piel, la carne, los huesos y la sangre al ser cortados con una violencia acerada de relámpago, para que una nueva cabeza fuese depositada, grotescamente, sobre la bandeja de plata que le estaba reservada.

La muerte ya había almacenado unos hedores insoportables en la espesa atmósfera que rodeaba a los tres únicos ocupantes vivos de las sillas que rodeaban la enorme mesa de banquetes. En las dos puertas gigantescas seguían encontrándose, imperturbables, los ocho siervos encapuchados, y más allá de los vitrales continuaba aguardando la noche, como indicativo de que sus horas eran las más propicias para que el crimen y la perversión se enseñorearan en el universo de los simples humanos.

—Y ahora os toca a vosotros, mis fríos austriacos —repitió el proceso Gerard Vintras—. Me parece que ya me tenéis miedo, aunque mostréis unos rostros excesivamente pálidos. ¿Debo suponer que os consideráis inocentes?

—Sólo llevamos un año en la *Orden* —dijo un hombre peinado a raya, con una especie de flequillo engomado sobre su alta frente y un minúsculo bigote cuadrado entre su nariz afiliada y su delgado labio superior—. No hemos acumulado tiempo suficiente para poder ser tachados de traidores... Mientras que vos, Maestro, que tanto habéis reprochado a los cuatro decapitados la torpeza de sus cabezas, ¿no es tan cierto que la vuestra también ha demostrado idéntica torpeza al haberlos elegido?

—Tienes toda la razón, mi sagaz y predilecto Acólito. ¡Y COMO LA CABEZA NO ME SIRVE... SERÁ MEJOR QUE LA SEPARE DE MI CUELLO!

Nada más proferir la última palabra, se disparó la cuchilla acerada, la cual, saliendo del encierro de madera, cortó la seca piel, la dura carne y encontró, acto seguido, la resistencia del hueco, aunque terminó por partirse; sin embargo, no liberó ni una sola gota de sangre de las numerosas venas seccionadas.

Porque la cabeza nada más que cayó en la gran bandeja de plata, soltó una carcajada infernal, espiral de locura que ascendió a lo más alto de la bóveda, y luego siguió hablando:

—Parece que he conseguido asombrarte, aunque de eso no hay duda, tu frío y práctico cerebro prusiano tardará muy poco en decirte que has presenciado un truco de magia negra... ¡Te equivocas! Y si yo he cometido el error, lo que admito, se debe a que he tratado con seres humanos... ¡PORQUE SOY *BAFOMET,* EL REY DE LAS TINIEBLAS! ¡Ahora, para mostrarte mi poder, OS ABRAZARÉ CON EL TERROR!

Antes de que la representación infernal diese comienzo, la pareja de supervivientes se vio libre de las abrazaderas metálicas que les sujetaban el cuerpo. Y...

¡Repentinamente, la inmensa estancia se ensombreció, de todas partes comenzó a manar una humareda densa y pestilente, se escuchó el reptar de cientos de seres escamosos, cornudos y repelentes, cuyas fauces se abrían para morder el aire preñado de hedores de azufre!

Y una pavorosa llamarada devoró la mesa de banquetes, llevándose en su cresta la aún riente cabeza decapitada de *Bafomet,* el cual dirigió los carbunclos de sus ojos al Acólito austriaco caído en el suelo, y proclamó con voz de huracán:

—¡Te he reservado el mayor poder que hombre alguno ha detentado. Porque eres el más perverso e inhumano de mis fieles! ¡Apodérate del gobierno de la nación que será el azote del mundo, y demuestra a todos que el Terror que encierra la crueldad cuando es manipulada por una mente como la tuya! ¡Llévate a esa mujer, aunque no tardarás en cambiarla por otras! ¡Y puedes estar bien seguro de que tu nombre quedará registrado en la Historia de los humanos con letras de sangre y genocidio: *Adolf Hitler!*

Sredni Vashtar

Saki (H. H. Munro)

En 1860 nació en Akyab (Birmania) quien terminaría por convertirse en un maestro de una forma bastante original de entender el terror a través del humor. Se llamó Héctor Hugh Munro, pero eligió el seudónimo de Saki para firmar casi toda su obra. Como se le llevó a Inglaterra cuando era un niño, puede decirse que su estilo es preferentemente británico, aunque aparezca salpicado de un toque orientalista. Algunos de sus biógrafos apuntan a que prefirió, al haber sufrido una infancia bastante trágica, dar un toque de crueldad, con ciertas gotas de sofisticación, a muchos de sus relatos. Aprendió a escribir de una forma directa en las redacciones de los periódicos, en las que destacó hasta obtener el cargo de corresponsal extranjero en Francia y Rusia. Una carrera literaria tan espléndida se vio interrumpida al morir Saki en el frente de batalla durante la Primera Guerra Mundial. Su cadáver fue recogido en una trinchera el 13 de noviembre de 1916.

Sus obras más famosas son: The Rise of the Russian Empire *(1900);* Not So Stories *(1902);* When William Came *(1913);* Beasts, and Super Beasts *(1914);* The Stories of Saki *(1930).*

Conradín había cumplido los diez años; pero, de acuerdo con el diagnóstico del médico, sólo le quedaban cinco más de vida. Claro que este galeno era un personaje delicado, no demasiado brillante en su profesión y ofrecía poca confianza. Pero, en este caso, contaba con el apoyo de la señora Ropp, a la que todos consideraban poco más que un oráculo. Por cierto, esta mujer era prima de Conradín, a la vez que su tutora, y significaba para el niño esas tres quintas partes de la existencia que se necesitan para ir sobreviviendo, a pesar de que en muchos casos resultara algo desagradable semejante dependencia. Las otras dos quintas partes, en constante enfrentamiento con las anteriores debemos localizarlas en la imaginación infantil. Conradín no dejaba de suponer que cualquier día terminaría por sucumbir ante el peso de lo que otros consideraban inevitable: la enfermedad que la amenazaba y los mimos con que se le rodeaba, que en muchos casos eran auténticas prohibiciones y, sobre todo, un aburrimiento cada vez más patente. Creemos que era su capacidad para la fantasía lo que le estaba permitiendo mantenerse vivo.

Había algo en la señora Ropp de hipocresía, ya que le costaba reconocer que no quería a Conradín. En ciertas ocasiones había estado a punto de confesarlo a viva voz; sin embargo, en el último momento dejó de convertirlo en palabras. Claro que esto no le impedía cumplir con el deber, «por el bien de la familia», de encargarse del cuidado del pequeño. Conradín se había dado cuenta, y la odiaba desde que tuvo uso de razón. Pero también lo ocultaba con una habilidad propia de una mente adulta. Lo que no podía evitar era la necesidad de disgustar a su tutora con ciertos juegos, que él mismo inventaba, porque veía a su enemiga como un ser muy desagradable al que se negaba a dar entrada en sus mejores fantasías.

En la casa había un jardín, que más bien parecía una prisión al hallarse tan vigilado por un excesivo número de ventanas. En el momento que Conradín estaba a punto de extralimitase, según los criterios de la señora Ropp, en seguida una se abría para anunciarle que debía tomar cierta medicina o para corregir alguna actuación. Curiosamente, al niño le estaba prohibido acercarse a los pocos árboles frutales, a pesar de que los frutos eran de tan mala calidad que nunca hubieran sido ofrecidos en el mercado.

Tras unos arbustos, en un rincón muy apartado, se había construido una casita para las herramientas desechadas. Como disponía de un techo sólido, Conradín no dudó en elegirlo como su refugio, hasta transformarlo en un cuarto de juguetes.

Con el tiempo se convirtió para él en una especie de catedral, al invadirlo de sus fantasmas, muchos de los cuales los extrajo de las mejores historias oídas o leídas. También las nacidas de su propia imaginación; sin embargo, allí habían encontrado cobijo dos criaturas reales: una gallina de Houdán, de denso plumaje, a la que Conradín entregaba su cariño con una pasión algo desbordada; y un hurón de los pantanos, el cual ocupaba la zona más oscura de entre de un cajón con dos compartimentos, uno de los cuales tenía travesaños de hierro en la parte frontal. Precisamente, a este último animal Conradín lo había recibido, con jaula y todo, del chico de la carnicería, en un acto casi de contrabando al haber tenido que pagar unas monedas de plata.

El hurón daba miedo al niño, debido a que poseía un cuerpo muy flexible y unas garras afiladas; sin embargo, lo consideraba su más valioso tesoro, acaso porque constituía una amenaza que podía controlar. Verlo en el interior de la jaula le proporcionaba una extraña y morbosa felicidad, especialmente porque estaba siendo capaz de ocultarlo de *La Mujer* (así llamaba mentalmente a su desagradable prima-tutora).

Cierto día inventó para esta bestezuela un nombre extraordinario. A partir de entonces el hurón actuó para él como la suprema divinidad de una religión que le pertenecía.

A la religión oficial acudía *La Mujer* una vez a la semana. Los oficios se celebraban en una iglesia próxima, a la que Conradín asistía por obligación. Sin embargo, no consideraba tan desagradable celebrar una ceremonia, todas las mañanas de los jueves, en el musgoso interior de la casilla de herramientas y ante la jaula. Allí se encontraba Sredni Vashtar, el Gran Hurón. El altar estaba adornado con flores coloreadas y frutos escarlatas, y ante el mismo se adoraba el lado más fiero de las cosas. En los grandes momentos le echaba en el cajón nuez moscada, que el niño robaba haciendo gala de una gran astucia. En todas las fiestas se celebraban sucesos del día, como los dolores de muelas que padeció la señora Ropp, que por intervención de Sredni Vashtar se prolongaron más de tres días.

Pasado un tiempo, las largas ausencias de Conradín comenzaron a preocupar a la tutora: «No debe estar en el jardín tantas horas en estos días de frío», se decía ella. Y una mañana, mientras estaban desayunando, comunicó que había vendido la noche anterior la gallina de Houdán. Mientras hablaba no dejaba de mirar, con sus ojos miopes, a Conradín, creyendo que éste iba replicar lleno de rabia o se pondría a llorar. Disponía de los oportunos consejos para tranquilizarle. Pero el niño permaneció callado, mostrándose bastante sereno. Por eso aquella tarde, a la hora del té, se le sirvieron tostadas como una excepción, ya que era un alimento que podía perjudicar su salud.

—Pensé que te iban a agradar —dijo la señora Ropp, al observar que Conradín no se las comía.

—Antes sí me gustaban.

Poco después, en el interior de la casilla de las herramientas el ceremonial sufrió una importante modificación. Las canciones que anteriormente eran cantadas, se convirtieron en palabras:

—¡Necesito que me hagas un favor, Sredni Vashtar!

El niño creyó innecesario mencionar el favor, ya que su dios debía saberlo. Por último, aquél miró al rincón vacío, contuvo un amago de llanto y, luego, volvió a ese mundo que tanto odiaba. Sólo encontraba alivio en la oscuridad de su alcoba, por las noches; y en la semipenumbra de la casilla, por las tardes.

—¡Necesito que me hagas un favor, Sredni Vashtar! —repetía insistentemente.

Como la señora Ropp cayó en la cuenta de que Conradín no dejaba de visitar la casita de las herramientas, decidió examinarla a conciencia.

—¿Qué ocultas en esa caja cerrada con llave? —preguntó—. Parecen conejos de indias. ¡Tendrán que salir de aquí!

Conradín se mantuvo callado, lo que no supuso ningún obstáculo para que *La Mujer*, luego de un minucioso registro, encontrase la llave debajo de la cama del niño. Cuando se produjo esta calamidad llovía mucho, por lo que el jardín estaba prohibido a un enfermo. Desde la última ventana del comedor, éste pudo asistir a todo el amargo espectáculo, aunque la mayoría se lo imaginó.

Creyó ver a *La Mujer* abriendo la puerta del cajón sagrado, para con sus ojos miopes la gruesa cama de paja, en la que seguramente se encontraría oculto su Dios. Es posible que ella estuviera removiendo el interior con el paraguas. De repente, concentrando toda la pasión en sus labios, Conradín susurró unos rezos de ayuda, aunque temía que pudiera fracasar, al tener que ver, momentos más tarde, a *La Mujer* entrando en la casa con esa sonrisa triunfal que él tanto odiaba. Horas más tarde, el jardinero sacaría de allí al extraordinario Dios, convertido en un simple hurón de piel parda, dentro del cajón.

Porque *La Mujer* ganaba siempre, como había venido sucediendo hasta entonces. Con lo que su tiránico hostigamiento se mantendría, acaso un poco más aliviado, hasta que se produjera lo que el doctor había diagnosticado. A pesar de la sensación de derrota, Conradín se entregó a chillar el himno a su Dios amenazado, que poseía tanto poder para defenderse si se le invocaba a tiempo:

Sredni Vashtar, ataca:
Tus pensamientos son rojos y tus dientes blancos.
Tus enemigos piden pan, y Tú les traes muerte.
¡Sredni Vashtar, el más hermoso justiciero!

Súbitamente, dejó de cantar para asomarse por la ventana. Vio que la puerta de la casita de las herramientas continuaba abierta. Hacía mucho tiempo que *La Mujer* entró allí. Los minutos se formaban de muchos lentos segundos, pero todos transcurrieron en un número superior a los varios millares. Dispuso del tiempo suficiente para dedicar una mirada a los gorriones que revoloteaban por encima de la hierba. Los contó varias veces, sin dejar de mantener un ojo fijo en la puerta de la casita.

En aquel momento entró en el comedor una doncella y comenzó a disponer la mesa para el té. Su expresión era agria, como siempre. Mientras, Conradín continuaba esperando, vigilante. Poco a poco la confianza fue adueñándose de su corazón, hasta que el triunfo logró brillar en sus ojos, que hasta aquel momento nada más que habían podido mostrar la melancolía de los vencidos.

Dominado por una exaltación prohibida, no dudó en gritar la plegaria a su Dios, al que ya consideraba un cruel triunfador... ¡Y se vio recompensado: por la puerta de la casilla estaba escapando una bestezuela amarilla y parda, alargada con los ojos resplandecientes bajo la luz del atardecer y con oscuras manchas, nunca vistas por el niño, en la piel, los dientes y el cuello!

Conradín cayó de rodillas, sin dejar de mirar por la ventana. El Gran Hurón de los Pantanos estaba llegando a una de las acequias del jardín, donde bebió un poco de agua y, acto seguido, escapó por un puente de tablas hasta perderse entre los arbustos próximos a la casa. Éste fue el recorrido definitivo de Sredni Vashtar.

—Ya está listo el té —anunció la criada del gesto agrio— ¿Sabe dónde ha ido la señora?

—A la casita de las herramientas —contestó Conradín.

Al mismo tiempo que la criada iba en busca de *La Mujer*, el niño extrajo de un cajón del aparador el tenedor de plata de las fiestas, con el que pinchó una rebanada de pan y se fue a la cocina a prepararse una tostada. Se la había ganado.

Mientras se doraba el pan, preparó un buen pedazo de manteca. Cuando estuvo listo este pequeño banquete, lo saboreó sin perder detalle de lo que ocurría en el jardín. Los silencios se estaban convirtiendo en espasmos, hasta que escuchó los estúpidos aullidos de la criada, el siguiente coro de la cocinera, las voces del jardinero y las llamadas de socorro a la policía. Después de una corta pausa, los lamentos de quienes asisten a la mayor tragedia, el arrastrar de los pies de los que llevan una pesada carga humana.

—¿Quién se lo va a contar a ese chiquillo enfermo? Yo me siento incapaz, y menos sabiendo lo malito que está —dijo una voz bastante desagradable.

Al mismo tiempo que los servidores discutían el tema, Conradín se estaba preparando su segunda tostada.